사북항쟁 40주년 기념 시집

광부들은 힘이 세다

동인시 **10**

광부들은 힘이 세다 사북항쟁 40주년 기념 시집

인쇄 · 2020년 7월 28일 | 발행 · 2020년 7월 31일

엮은이 · 사북민주항쟁동지회
기획위원 · 황인오, 이산하, 강기희, 맹문재
펴낸이 · 한봉숙
펴낸곳 · 푸른사상사

주간 · 맹문재 | 편집 · 지순이 | 교정 · 김수란
등록 · 1999년 7월 8일 제2-2876호
주소 · 경기도 파주시 회동길 337-16(서패동 470-6)
대표전화 · 031) 955-9111(2) | 팩시밀리 · 031) 955-9114
이메일 · prun21c@hanmail.net
홈페이지 · http://www.prun21c.com

ISBN 979-11-308-1692-0   03810

값 10,000원

광부들은 힘이 세다

사북민주항쟁동지회 엮음

늦게 불리는 노래

40년 만에 그날의 사북을 노래하는 시인들이 나타났습니다. 매사가 일찍 피고 일찍 노래해야만 좋은 것은 아니고 늦게 피고 늦게 불린다고 나쁜 것도 아니라는 것을 그날로부터 40년이 훌쩍 지난 지금이야 대강 짐작이라도 하게 된 게 몹시 다행입니다. 시절을 잘 만나고 자손을 잘 만나고 이웃을 잘 만나야 일찍 피고 일찍 불려도 제대로 피고 제대로 불릴 것일 테고 늦게 피고 늦게 불려도 제값을 할 터이니, 40년 만에 제 이름을 찾아가는 그날의 탄부들에게 우선은 선물이 되고 위로가 될 것입니다. 누구라고 할 것도 없이 두 겹 하늘 막장에서 먹고사는 엄숙한 사명에 충실하며 저마다의 생을 충일하게 살아온 그날의 광부들에게 바쳐지는 이 시집이 사북항쟁의 역사를 복권하는 데 작지만 큰 발걸음이 될 것을 직감하고 있습니다.

1980년 4월의 사북은 현재진행형입니다. 그날의 노동자들과 가족들이 정선경찰서의 강당에 임시로 설치된 가설무대 같은 취조실에서 겪은 단말마의 고통의 진상을 밝히고, 그이들에게 나라님들이 최소한의 위로의 말이라도 건네주기를 기대하며 시작한 40주년 기념행사가, 강도처럼 들이닥친 코로나 바이러스에 길을 잃고 실종될 뻔하다가 겨우 자리를 찾아가고 있습니다. 진폐, 규폐 등 직업병에 더하여 그때의 참혹한 고문 후유증으로 하나둘씩 스러져가고 있는 현재의 상황에 마음 졸이고 있으나 나라님들의 발걸음은 더디기만 합니다. 이때에 목소리를 보태주시는 시인 여러분의 힘으로 새로운 동력을 얻어 코로나 바이러스가 불러온 역병을 물리치고 역사적 복권의 시동을 다시 걸어보려고 합니다.

사랑하고 존경하는 스물아홉 분의 시인 여러분께 깊은 감사를 드립니다. 사실 수백 수천 미터의 지하 막장에서 나날이 죽음과 맞닥뜨리며 먹고사는 엄숙한 노동에 충실했던 광부들이 겪은 나날의 사태를 노래한 문학작품은 적지 않습니다. 또한 40년 전 그때 이 땅의 민주주의 역사의 울림과는 다른 목소리로 온 산하에 울려 퍼졌던 사북항쟁을 다룬 작품들도 있습니다. 황석영 선생의 르포와 조세희 선생의 사진집을 비롯해서 사북과 탄광 노동을 기록하고 함께 아파하는 울림을 담아온 많은 분들에게 감사의 말씀을 전합니다.

그날의 광부들의 이름을 달고 약간의 공식성을 띠고 간행하는 작품집을 처음 접하고 보니 한편으로 북받치는 감정이 있습니다. 북받치는 감정을 애써 억누르지 않고 하나둘

씩 돌아오지 못할 길을 떠나는 그날의 광부들이 더 스러지기 전에 여기 실린 노래들이 더 멀리 퍼져나갈 수 있도록 소리 높여 부르겠습니다.

　이 시집이 나올 수 있도록 여러모로 애써주신 최문순 강원도지사님, 최승준 정선군수님, 문태곤 강원랜드 대표이사님, 최윤 강원민주재단 이사장님, 최경식 33재단 이사장님 등 모든 분들에게 감사를 표합니다.

2020년 7월 15일

황인오(사북민주항쟁동지회 회장)

| 차례 |

■ 발간사 5

제1부

제2부

| 차례 |

제3부

제4부

제1부

푸닥거리, 사북 외 1편

궂은 새 따라올 때
궂은 잡귀 안 붙어오리
이걸 보니 잡귀로다
저승도 못 가고 이승도 못 오는
바람길, 구름길에 놀던 잡귀로다

(어허, 사북 바닥에서 어용으로 놀던 잡귀야)

갑을동방 친일로 놀던 잡귀
경신서방 독재로 놀던 잡귀
병정남방 유신으로 놀던 잡귀
임계북방 분단으로 놀던 잡귀
너른 마당 번개 치듯
좁은 마당 벼락 치듯
넋 날 일, 혼날 일 없도록
날로 달로 사북을 넘어 광주를 넘어 통일로 풀어내자
저눔의 잡귀 산을 넘어 도망치는구나
물을 건너 도망치는구나
쑤어나라, 쑤어나
사북을 넘어 광주를 넘어
헛쉬이, 헛쉬

서천꽃밭*

사북에서 여기까지,
나는 지금 너무 먼 곳에 와 있다
둘러보니 무더기 무더기 꽃판이다
이대로 살아버릴까 보다, 한 백 년
꽃감관**에게 의뭉이라도 써서 개기면
받아줄런가 몰라
바람이 길 따라 불지 않듯 나 여기
죽었나, 살았나 모를 일이다
좋다, 이제부턴 그대의 뜻이다
야윈 시대에 배때기에 치부했다면
살 도려낼 꽃을 다오
불의에 눈 감아버렸다면
피 마를 꽃을 다오
다만, 이승세계 오장육부 헤가르는
싸움과 탐욕, 죽임과 울음이 난무하다면
화해꽃 나눔꽃 환생꽃 웃음꽃을 다오
한 짐 가득 짊어지고 돌아가야겠네
봄잠 한 번 크게 잤다, 기지개를 켜며
아직은 천천히 오라는 그대의 뜻임을
알아차리겠네

* 서천꽃밭 : 제주 무속신화에서 인간 생명의 근원이 되는 온갖 주화
    (呪花)를 가꾸는 곳
** 꽃감관 : 서천꽃밭지기

그때 그랬다면 외 1편

몸의 뿌리가 뽑히도록 탄을 캔 막장들
식구들 입칠에 목 메인 억장을
사장에 붙은 돈벌레들이
폭도로 몰아 뺑이 치게 하지 않았다면
경찰들이 광부들 다 죽일 수 있다는 소문이
탄광촌의 목마를 타고 하늘을 날지 않았다면
아마 그때 지서를 점령하고
군청까지 점령했을 것이다

그때, 하라는 대로 일하고
주는 대로 받으라 해서 허리 접힌 광부들,
천 이천 삼천 사천 오천 명
강원도 전역에서 모이고
짐승이나 물건처럼 처리될 때
공장이란 공장에서 동패들이 몰려와
만 명 이만 명 오만 명 백만 명이 몰려와
그때 그 노동자들이 서울 땅을 밟고
그때 그 노동자들이 노동자들의 꿈과 함께
동학농민군의 후예가 되었다면
아니
3·1만세 운동이 그때 그랬다면

10월 항쟁 인민들이 그때 그랬다면

고난의 들, 몸살이들을 학살한
일제 경찰에게 배운 버릇,
친일 경찰들을 싸그리 없애고
노동의 피즙으로
권력에 줄 댄 폭리 자본과
살인해고 주범자들 버릇을 싹 고쳐
노동 시간 골고루 나누고
삶을 알맞게 받아
몸일의 수고를 인정하는 나라를 기어이 세웠을 것이다

집 한 채씩은 나란히 갖고
학교생활 골고루 받으며
병원에서 공짜로 치료 받을 수 있는 국가
국가가 아이들을 돌보는 나라
몸이 오동나무처럼
밥이 이팝나무처럼
사람이 느티나무처럼 자라는
흙의 나라를 벌써 세웠을 것이다

분단에 찬성한 동족도 아닌 굴종들

국가보안법으로
독립군들을 모조리 빨갱이로 쥐이고
미군정 법통을 쳐 받든 정부들

적산을 차지하고
미 원조물자를 독점하여
정경유착의 고리를 만들어
지역감정을 악용한 식민지 정권 부역자들의
반쪽 국가를 애초에 없애야 했다

그랬으면
그랬으면
그 많은 탄광촌 사람들 피고문에
시름시름 앓지 않았을 것이고
광주에서도 시민들 죽지 않았을 것이고
평화 협잡으로
미군을 먹여 살리고
전쟁 장사 미국편 놀음에 끌려다니며
국민 혈세를 갖다 바치는
가련한 신세가 되지 않았을 것이다

퇴근하지 못하고 죽는 노동자 하루 평균 3명,

5월 한 달 동안 죽은 노동자
58명인
죽음을 생산하는 자본주의자들의 국가가 된 줄 모르는
성조기와 이스라엘기를 든 전쟁동맹, 반동이
번창하지 않았을 것이다

그때 그랬다면
그때 그랬다면

국가

스스로

스스로들

일하던 사람들이

임금도 없이 아이를 업고
고향을 떠났다

국가가 없는 땅
아버지의 땅
어머니의 땅을 찾으러

오래전 사북 외 1편

오래전, 사북에 갔다.
예미 지나 자미원, 증산을 거치는 동안
검은 멀미가 내내 쫓아왔던
사북은 참 멀리도 있었다.
눈이 몽롱해질 즈음, 사북이 조금 가까이서
활짝 팔을 벌렸다.
광부복 그대로 안으려는 사북이 당황스러워
한 발짝 뒤로 물러섰다.
멋쩍게 웃는 사북을 따라 검은 바람이 부는 거리를 걸었
다
마주친 무채색 사내들이
눈길 주며 들어가는 식당 안에는
비계 가득한 돼지고기 씹는 대여섯 사내들이
입담을 풀어내고 있었다.
"막장에서 고생 쫌 했으니 목을 씻어줘야지"
궁금하지 않은 얘기를 사북이 먼저 풀어놓았다.
귀담아 듣지 않은 이유가
밤하늘처럼 반짝거리는 개울 따라 흘러갔다.
내 눈도 그쪽을 따라 길을 냈다.
원근을 잃은 산들은 사북의 주위를 빙빙 돌았다.
새까만 눈동자를 가진 소녀가
손가락을 입에 넣고 지나치다 사북의 주위를 돌았다.

"이런, 엄마가 아직 일을 끝내지 못했구나"

사북이 아이를 토닥거리며 반대로 신은 신발을 똑바로 신겨주었다.

아이가 손가락을 빼고는 수줍게 나비처럼 날아갔다.

사북이 오래 오래 아이를 쳐다봤다.

오래 오래 사북을 쳐다봤다.

오래전 일이었다.

어느 봄날 이야기

개도 돈 물고 다닌다는 탄광촌에 간
김씨가 돌아왔어도 마을은 여전히 조용했다.
사람들이 김씨 집을 기웃거렸지만 한동안 인기척도 없
었다.
그놈 목소리는 동리 밖에서도 알아듣는다는
황보 할아버지 말씀이 거짓말처럼 여겨질 정도였다.

별똥별이 빗금을 긋던 밤
다시 마을이 쩌렁거렸다. 짐승 소리 같았다.
회나무 아래에서 김씨가 컹컹 울부짖었다.
설움에 복받친 건지 쉰 목소리를 받아주는 사람은 황보
할아버지였다.
"처음엔 좋았슈, 버스 타고 기차 타고 한참을 간 곳이 사
북이여유."
"사북? 사북이 워디여? 북한이여?"
"아이고 큰일 날 소리 혀유, 강원도여유."
"한 십오일 열심히 혔슈,"
"화차 타고 굴속으로 들어가는디 남들은 힘들다고 하더
만 지는 좋았슈."
"잼있잖유 뭐 타고 가는 기."
"근디 나야 그냥 일만 허는디 뭔가 이상혔슈."
"탄 깨다 잠시 쉴 때믄 사람들이 노조위원장 어쩌구 허

는디 지는 뭔 소린지 잘 몰랐슈, 신경도 안썼슈."

"그러고 얼마 안 있어서 뭐 경찰이 오고 우덜은 바리케이드라고 뭘 막 쌌고 혔슈."

"나야 사람들이 허라는 대로 혔쥬, 뭘 알간디 술 마실 때 들어보믄 노조위원장놈이 다 해 처먹고 회사허고 경찰허고 다 짜고 친다고 허드라구유."

"근디 그날 보니께 경찰이 무섭게 막 때리고 달려드는디 나는 힘 좋다고 앞에 있다가 괜히 막 두둘겨 맞았슈."

"경찰 높은 양반이 뭐라고 허니께 분위기가 막 험악해지더라구유."

"한 삼일인가? 뭐 그렇게 끝났슈. 얼마 안 있어서 막 잡아가는 거여유, 막."

"나는 암껏도 모르는디 앞에 섰다고 잡아가는 거여유."

"어딘가 막 데려가서는 고문을 혀유 고문을… 아퍼 죽겄더라구유 살려달라고 허는디 다 불으라고 허데유. 난 암껏도 모르는디 그냥 등치 크다고 앞에 스라고 혀서 섰다고, 그게 누구냐고 하데유?"

"그려서 나헌티 잘혀주던 성 이름 댔쥬 그렸더니 풀어주데유."

"그 성 어찌 됐나 몰라유 괜히 미안허고 걱정돼유."

"그라고 사북에 가서 짐 챙겨 곧바로 나왔슈 두 달이 징글징글혀유."

"괜히 돈 번다고 바람 들어가지고, 지가 미쳤슈."

황보 할아버지가 물었다.
"얼라 거기 광주랑 같은 디 아녀? 거 빨갱이들이 그 동네를 막 땡크 타고 다닌댜. 그래서 나라가 다 뒤집혔다더만."
김씨가 흥분해서 되받았다.
"뭐래유? 우덜 보고도 빨갱이라고 막 혔슈. 막 나보고 뭔 지령 받았냐, 너 빨갱이지, 혔슈 전기로 다리를 지지는디. 죽을 거 같았슈, 그래서 아닌디도 그렇다고 막 헐 뻔혔슈."
"아 삼팔선이 있는디 북한에서 워트케 온데요? 안 그류 못 오쥬 지가 3사단 백골 출신인디, 못 와유."
"얼라 그러고 본게 그 말을 안 혔네. 나보고 빨갱이라 헐 때 나 백골부대 출신이여 할 껀디."
김씨는 조금씩 목소리를 되찾아갔다.
황보 할아버지가 응수하듯 등을 두드리며 말했다.
"지럴 그걸 왜 인자 생각헌 겨, 아무튼 잘 왔구만, 집 떠나면 다 고생이여."
"근디 그놈의 경찰들이 꼭 왜정 때 순사 같구먼, 왜 죄 읎는 백성들을 패는 겨."
"맞어유, 말헌께 속이 다 후련허구만유. 이려서 고향이 좋아유" 하는 것이다.

다음 날 황보 할아버지가
원기회복하라고 귀한 씨암탉을 김씨에게 내놓으셨다.
마을은 다시 소란해질 것이다.

사북을 지나며 외 1편

김수열

검은 속살을 드러낸 산은
죽음에게 발목 잡힌 환자처럼 누워 있다
차창 밖에는 한때
막장일 마치고 가족들과 둘러앉아
지글지글 삼겹살을 구웠을 3층 사옥
그 따스함은 식은 지 이미 오래고
깨진 유리창 사이로 불어오는
겨울바람이 유난히 맵다

검은 하늘 검은 산 검은 나무들 뒤로 하고
떠날 사람은 정처 없이 떠났다
더러는 진폐증에 걸려 산송장이 되고
더러는 약값은커녕 황천길 노잣돈도 없어
동강 흐르는 물에 하얗게 뿌려지고
어떤 아내는 견디다 못해
새벽 칼바람에 뜨내기 봇짐을 쌌다
열다섯 딸년은 검게 썩어가는 고향이
아버지보다 싫다며 눈길 한 번 주지 않고
청량리행 열차를 탔다는 소문만 이리저리 떠돈다

열차가 잠시 멈춰 선 동안
녹슨 석탄차의 닫힌 문처럼 바람만 잠시 오갈 뿐

내리는 사람도 오르는 사람도 없다
차 안에 고여 있는 사람들도 한마디 말이 없다
쫓기듯 도망치듯 열차가 사북을 떠난다
한때 막장 가득 울려 퍼졌을
그 함성 그 분노가 아련하게 들려온다
녹슨 철길 따라 망령처럼 뒤따라온다

사북의 여인들

1

어용이라고 지탄 받던 동원탄좌 노조 지부장의 아내는
광부와 주민들이 몰려온다는 소문을 듣고 남의 집
침대 밑에 숨었다 들키는 바람에 정신없이 매 맞으며
광업소 정문으로 끌려가 가혹한 린치를 당했다

"광업소 정문 근처 전봇대 기둥에 묶일 때,
주위에는 1천 명이 모여 있던 것 같습니다.
기둥에 묶이고 난 후 구타가 더욱 심해졌습니다.
상의 하의 모두 벗기고 온갖 난행을 저질렀습니다."

2

시위 가담자들에게 실력행사를 하지 않는 것은 물론
사건을 최대한 원만히 해결하겠다는,
수습대책위와 경찰의 합의문은 허명의 문서에 불과했다
복귀한 지 열흘 만에 대대적인 검거 열풍이 일었고
광부의 아내들도 비켜갈 수 없었다

"1.5m 정도 네모난 각목으로 전신을 맞았습니다.
엎드려놓고 때리고 세워놓고 때렸습니다.

여자들 윗옷 벗겨 젖가슴 쥐어뜯었습니다."

"조사 받으면서 바른 말 하지 않는다고,
젖가슴 우악스럽게 잡아 비틀고 쥐어뜯고…
손 집어넣어 음모 모두 뽑아버리고…
그 당시, 제 나이, 마흔하나였습니다."

나는 그를 앞질러 갈 수 없다 외 1편

— 고 이한걸 시인을 생각하며

김연희

그가 날아올랐다
지하 갱도 1,200미터에서 지상 15미터로
광차를 밀던 그는 천장크레인 운전공

강릉에서 태어나 광부로 4년
창원에서 철강회사 공장생활 31년
그는 날마다 노란 쇠 계단을 타고 올라가
좁은 운전실로 들어간다.
열기와 매연이 상층으로 올라오지만
지하 저수지 터질 걱정 없으니
오래 살 것만 같다

에어컨을 최대로 올려도 온도계는 제자리
탄가루도 없는데
콧물이며 가래가 죄다 까맣다
온 힘을 다해 동발을 세울 때보다
더 숨이 차다, 더는 숨을 쉴 수 없다
급히 에어컨 필터를 꺼내니 분진 뭉치가 툭!

결국 그는 땅으로 내려왔다

미끌한 노부리에서도 버티던 다리는

이제 평지에서조차 달팽이처럼 움직인다
할아버지가 그를 앞질러 가고
젊은이가 비켜서 질러가고
어린아이가 휙 지나치고
그가 애써 눈을 감는다

나는 그저 몇 걸음 뒤에서 걷는다

힘이 센 광부들

사북에 와서
사북 사람들을 만난다
그들은 전직 광부
젊은 날의 갑방 을방 병방들

광부에게 힘이란
곡괭이질 잘하는 것
삽질 잘하는 것
그것이 제일

먹고 사는 일이란
목숨을 내놓는 일
사람답게 산다는 것은
언감생심

배우고 센 놈들이
폭동이야 하고 외치면
광부는 폭도가 되고
누구는 빨갱이도 되었다가

명. 예. 회. 복.
그들에겐 너무 무거운 네 글자

40년간 밀고 온
사북의 광부들은 힘이 세다.

안경다리를 지나 외 1편

김용아

가슴조차 검었던 광부들이
광부가를 부르며 행진했던
구 안경다리 옆의 새 안경다리 밑
하얀 비옷 입은
강원랜드 사내하청 비정규직 노동자들
비정규직 철폐가 부르며 지나간다
지상의 직업 가지기 소원이었던 아비 대신
막장만 헤집고 다니던 남편 대신 가진 첫 직업
강원랜드 사내하청 비정규직 노동자
첫 번째 출정이다
아무도 지켜보지 않는 출정의 행렬
진폐병동에서 시든 남편이 지켜볼까
굴진하다 석탄 더미에 묻힌 아비가 들어줄까
노래는 흔적도 없이 거센 빗줄기에 묻히고
장례의 행렬처럼 강원랜드 카지노를 향해
묵묵히 나아간다
그들 뒤를 구 안경다리의 어둑한 눈빛이
조용히 뒤따르고
기차는 길게 소리를 내지르며
행렬의 맨 뒤를 쫓아간다

사북, 그 이후

모정여관에서 살던 착암공 김씨는
서울 지하철 공사장으로 떠나고
그 뒤를 따라 채탄공들마저
대구 부산 지하철 공사 때
바람처럼 살 길 찾아 떠난 다음
여관에는 돈 떨어진 도박중독자들이 모여
대낮부터 술판을 벌인다
내 인생 겨우 여기까지냐고 소리치던
술꾼들 잠들거나 꿍친 돈으로 다시
카지노로 올라가고 여관 담벼락에
기대 타오르던 맨드라미
누군가의 발길에 밟힌 채 꺾여 있다
사북의 마지막 광업소가 문을 닫고
이미 그 앞은 카지노로 가는
넓은 길이 뚫렸다
그 아래로 미처 철거 못 한
마당 없는 슬레이트 지붕 밑에는
늙은 광부가 연탄불을 갈고
얻어온 무시래기를 서까래에
매달고 있다
그의 아우는 연탄 밑불처럼
제대로 타오르지도 못한 채

막장에서 걸어 나오지 못했다
가슴이 시커멓게 멍든 채 진폐병동에
누워 있는 친구들과
개망초 지는 길 따라나선 아우의 시간이
이렇게 버려지는 연탄 같지 않냐고
이제 카지노 가는 길목이 되어버린
안경다리
그 다리를 막은 채 광부가를 부르던
그때 그 검은 이들
퀭한 두 눈만 남긴 채 다 떠나고
노안(老眼)의 안경다리만 남아
눈을 부비며 서 있다

철시 외 1편
— 탄광 묘지 · 5

김이하

그 많던 사람들은 누가 다 삼켰을까
좋았던 시절엔 무더기 무더기로 들어와
서로들 새까만 웃음이거니 까맣게 보지 않고
개천 빛을 닮은 이빨이래도 그게 좋아
허물없이 형 아우 트고 살더니
몸 바꾼 사람끼리 떼죽으로 웃고 살더니
그 많던 형들은 누가 다 삼켰을까
우울한 폐광기의 그늘이
검은 도시를 한 겹 더 묵직하게 감싸고
어쩔 수 없는 새까만 웃음이거니
쉽게 주고받을 수 있는 값싼 것은 아니다
도시의 전선은 몇 암페어의 힘줄을
가로등에 보태지만, 어둡다
윙윙대며 도는 대폿집 선풍기 바람도
미친년 헤픈 정조처럼 뜻 없이
홀랑한 거리는 신식풍으로 웃고
탄을 파먹고 살던 사람들의 입맛은 아직도 서툴고
알짜배기들 입맛이란 게 간사한 것이라서
몸으로 치대는 대포 맛에 비하면
허물없는 비곗덩어리에 비하면
더럽고 치사하고 인정머리도 없는 것이라서
우린 가고 싶다, 탄 더미를 파야만 살맛 나는

늘어진 팔뚝 가다듬어 검은 막장으로
탄차 끌고 들어가 불꽃 한 아름씩
퍼내고 싶다, 그러나 풀기 없는 거리
그 많던 아우들은 누가 다 삼켰을까

노다지
― 탄광묘지 · 7

내가 떠나온 곳에서는
더 이상 살맛이 나지 않는다
낡은 거미줄에 매달린 햇살이
언젠가는 똥집 큰 거미에게 먹히고
그날 나는 길을 떠났으므로
아무도 모른다
삶이라는 허울이 얼마나 지독한지
내가 그들의 등 뒤에서
헛기침을 하며 따라붙을 때도
아무도 나의 주린 배에서 떨어지는
갈망의 천둥소리를
찾을 수 없었다, 그들은 먼 길을 떠났고
그들을 따라 내가 떠나온 곳에서는
연탄의 불꽃처럼 꺼져가는
야윈 낮달이 자주 어른거렸으므로
시렁에 매단 시래기 두어 줄
입속에서 버석거릴 때
똥집 큰 거미의 아가리가 열리고
나는 그 속에서 노랗게 익어가는
노다지의 거처를 보았으므로
화차에 실린 불꽃은 어디론가 떠난 뒤
썩은 살 냄새만 빈집에 널리고

그날 나는 살 냄새를 잊었다
파랗게 질린 하늘에 문득
그리움도 날아가버린 오후
낯선 똥자루만 들이치는
내가 떠나버린 곳에서는
똥자루의 생이 덧없다는 걸

제2부

사북항쟁 외 1편

김창규

제1 서사

막이 올랐다
사북탄광 진달래꽃이 피려고
조명은 탄광의 깊숙한 곳을 비추고 있다
막장이라는 곳을 보여준다
검은 얼굴에 하얀 이가 빛났다

어떻게 살 수 있나 마지막일 것 같아
그래도 끝까지 살아야지
참고 참으면 그러다 보면 좋은 날이 오는 거야
어제도 한 사람이 죽었다고
자살했지 목을 매단 거야

터널을 벗어나와 별이 반짝이는 것을
보지도 않고 볼 수도 없다
그저 담배연기가 죽은 자의 영혼처럼
하늘로 오르고 있다
살기가 막막하다

그래 그 죽일 놈들은 금년에도
성과를 내기 위해 닦달을 하고

월급은 쥐꼬리만큼 주면서
어떻게 살라고 이러는지 몰라

진달래가 피려면 아직 멀었다
태백산맥의 깊은 산속 사북의 봄은 늦다
검고 검은 산에 진달래도 필 것이고
검은 들판에 꽃다지 달래 냉이도 올라오고
민들레꽃도 피어나겠지

여기 우리들의 삶이란 막장이란 말이 맞다
인간이 생명을 유지하기 위해서
식구들을 먹여 살리기 위해서
광부가 된 것을 후회해본 적이 없다

삐쩍 마른 탄광 노동자 한 사람이
올봄에는 일을 내야겠다고 작정을 했다
하룻저녁 이야기를 들었다
보안사령부 계엄분소 이야기이다
이제 그 이야기의 시작이다

제2 저항

하늘은 푸르고
태백의 높은 구름은
산허리에 연처럼 걸렸다
지난해 보았던 다정한 얼굴들
사북탄광 광장에 모였다
기업주의 횡포에 일어섰다
임금 착취와 열악한 복지
먹고 살기 정말 힘들었다

어린아이가 아버지가 있는 곳으로
아내와 어머니도 아들이 있는 곳으로
탄광 입구에 모인 그들의 얼굴은 비장했다
드디어 항쟁의 막이 오른다
경찰이 등장하고 합동수사본부 군인들과
첩자들이 판을 친다

그래도 일어서야 한다 마지막이다
탄광 입구에 민들레 노란 꽃이 피었다
어용노조 때문에 광부들은 힘들다
우물물을 긷기 위해 줄을 서고

공동 화장실 앞에 긴 줄을 서고
그리고 탄광을 들어가기 위해 긴 줄을 서고
생명줄 놓으면 겨울에 얼어 죽는다
절규한다

사북탄광의 절규 이원갑 늙은 전사의 이야기
한없이 눈물이 났다
딸 아홉을 키웠고 막내를 낳았다
대를 이을 아들이다

1980년 4월 21일 오후 2시
어용노조 물러가라
임금을 인상하라
분노한 광부들은 처음으로
자신을 내세워 투쟁의 대열에 섰다
독수리 한 마리가 땅을 박차고 솟아올랐다

제3 절규

우리는 이제 뭉쳤다
민주화운동의 시작을 알렸다
사람들은 몇백 명씩 문을 박차고 나왔다

사북경찰서를 접수하고
무기고를 빼앗았다

우리도 인간이다
임금을 인상하라
어용노조 물러가라
경찰도 물러가라
모두가 하나였다

정선경찰서 사북지서는 광부들에게 접수되었다
비겁한 경찰들은 도망가버렸다
어용노조 간부도 도망갔다
숨죽이며 살아온 지난날이 억울했다

아이의 엄마가 교육비 걱정
아침밥 지을 쌀 걱정
이런저런 걱정이 끝이 없다
그래도 아이들이 건강하게 자랐다
해방 세상에 태어난 것이었다
아이들도 신이 났다
내일 당장 잘사는 사북이 될 것이라 믿었다
혁명은 그렇게 시작이다

내일 세상이 다시금 열릴 것 같다
사북에서 민중이 들고 일어선 혁명이다
봄바람 불기 시작한 것이다

어찌 살거나 아름다운 세상
어찌 살거나 평화로운 세상
어찌 살거나 자유로운 세상
어찌 살거나 대동의 세상

여기서 투쟁하다 죽어도 좋다
붙잡혀 가서 어떻게 될지
거기까지 생각해보지 않았다
우리는 승리할 것이기 때문이다

제4 분노

기업가는 항상 권력자의 편에 기생하여 살고
국회의원은 독재자 앞잡이가 되고
경찰은 개가 된다

권력자의 쓰레기들을 처리하지 않으면
세상이 바뀌지 않아

당하고 또 당하고 마냥 당하고 살지
죽을 때까지 노예가 되지
사북항쟁은 노예로 살기 싫었던 것이야

지금까지 노예로 살았으면 되었지
또 노예로 살기 싫어 일어섰다
철도를 점거하고 연좌농성하고
경찰서를 박살 내고
무기고를 털 생각도 했지 그러나 참았다

사람 사는 세상이 온다고 하는데
자유가 자유를 자유롭게 한다는데
민주주의 함성이 일고 이는 사북탄광촌
여기는 민주 공화국이었다

비굴한 것이 군사독재 권력이다
군인 전두환의 학살은 이미 반란으로 증명되었다
사북에서 총을 들기만 하면 되는데
그렇게 하지 않았다
똑같은 짐승이 되기 때문에 거부했다
계엄군이 왔다면 총을 들었을 것이다

그날이 오면 사북에도 꽃이 피리라
그날이 오면 태백에도 꽃이 피리라
그날이 오면 정선에도 꽃이 피리라
그날이 오면 똥구멍에도 빛이 들고
그날이 오면 민중들은 사람이 되리라

오직 한 사람 이원갑 젊은 동지여
네가 죽고 내가 산다면 무슨 의미가 있겠소.
우리 모두 하나가 되어 전진합시다
전우의 시체를 넘고 넘었던
태백의 기상으로 살아봅시다

제5 희망

왔네 왔어 박서방도 오고
왔네 왔어 이서방도 오고
왔네 왔어 김서방도 오고
우리네 사위들 모두 왔네

아리랑 아리랑 아라리요
아리랑 고개로 넘어간다
나를 버리지 않고

젊은 친구 동지가 되어 왔네
두 주먹 불끈 쥐고 찾아왔네
정선아리랑 노래가 들려오네

저기 산 넘고 고개 넘어 살던
봄바람도 찾아왔고
밤새 울던 소쩍새도 노래로 답하고
이웃들이 함께 나누고 먹었던
막걸리 친구들도 모두 모였지

굴종의 삶이 아닌 희망이란 미래가 있네
땀 흘리고 피 흘려 투쟁한 동지들이여
얼마나 많은 세월을 기다렸나
총을 든 자들에게 총으로 맞서지 않고
오직 두 주먹을 쥐고 싸웠다

예비군 무기고가 있었다
다이너마이트가 준비되었다
사북의 읍과 태백 정선을 진동하게 할
폭발물이 가득했다

동지들아 우리의 목숨 줄이 탄광에 있다

부지런하게 일하면 잘 먹고 잘살 수 있다
거짓의 역사를 물리치고 새 역사를 쓰자
함성 소리 드높은 사북의 하늘은 뜨거웠다
심장에 끓는 피가 봄날의 대지를 진동했다

우리는 전진하는 동지들이다
십 년 이상의 변함없는 술친구이고
인생의 젊은 날을 함께하고자 한 사람들이다

보이는가 희망이라는 탄광의 별들이
머리에 빛나는 커다란 별들의 불빛이
막장에서 기어 나와 푸른 하늘 바라보며
부모 자식을 키우던 팔뚝의 힘으로
대지를 딛고선 튼튼한 두 다리로
우리는 뭉쳤고 드디어 승리했다

제6 고문

전두환의 계엄령도 두렵지 않았다
합동수사본부 계엄군 보안대로 끌려갔다
하나씩 하나씩 굴비를 엮듯
수갑을 차고 포승줄에 묶여갔다

주먹으로 맞고 발로 차이고 밟히고
넘어져 까무러쳤다

끌려가던 밤 천지신명께 빌었다
조상님께 보살펴달라고 기도했다
아내에게 걱정 말라고 했다
아이들이 울고불고 난리가 났다
밤바람은 차가웠다
정신이 번뜩 들었다

이런 개새끼야 옷 벗어
홀딱 벗어 빨리 벗어 죽여버리기 전에
군복을 발 앞에 던져주었다
야전 곡괭이 자루로 맞은 몸이 쑤시고 아팠다
이튿날부터 고문이 시작되었다

물고문이 첫날부터 시작되었다 수갑을 채우고
칠성판에 눕히고 묵힌 채로 숨을 쉴 수가 없다
온몸을 적시는 눈물이 강을 이루었다
사북의 골짜기 얼음이 녹기 시작했는데
내 몸은 얼어버렸다

잠을 이룰 수가 없었다
비명소리가 여기저기서 악 악 들렸다
살려달라고 제발 그만해달라고 소리쳤다
끌려온 여성 동지들은 발가벗겨진 채
엄청난 수모를 당했다

조사실 강당의 판자 칸막이에서 울부짖는 광부들
죄 없이 끌려온 부녀자들이
소리도 지르지 못하고 바닥에 쓰러지자
구둣발로 거기를 누르고 쑤시고 했다
참혹했다

기절하고 기절했다
피를 토하고 쏟고 고통을 견뎌야 했다
고문의 종류도 많아 알 수 없다
개처럼 묶여서 맞았고
온갖 고문을 당했다

통닭구이가 되었다
각목으로 맞아 손가락이 부러졌다
갈비뼈가 여러 개 부러졌다
아, 이렇게 죽는가 보다

간악한 수사관 놈들은 인정사정 두지 않았다
살려달라고 지르는 비명소리
조사실 강당을 울렸고
태백산을 진동시켰다

하루에도 몇 번씩 까무러치고
깨어나기를 반복했다
그렇게 한 달 후 구속되었다
그 전까지 조사받는 과정은
비인간적인 대접과 수모 그 자체였다
기억하고 기억하리라
살아있는 동안 치욕을 되갚아주리라
1980년 4월 21일 항쟁의 시작과 끝
나흘간의 동원탄좌 사북광업소
어용노조 퇴진 임금 인상 근로조건 개선
승리를 위한 고문의 상처는
영원히 태백의 사북 고한 황지 정선 영월
어디서든지 기억되리라

피 흘리며 무릎 꿇지 않았던
그러나 고문에 의하여 잘못이 없는데도
강요된 자술서에 의해

교도소에 가지 않으면 안 되었다
고문은 모든 것을 파괴한다
한 달간의 조사와 고문은 인간성을
완전히 돌아버리게 하고 미치게 만들었다
세월은 흘러가도 우리의 싸움은 정당했다고
힘주어 말하리라
탄광 노동자 광부들이 일으킨 민주주의 함성
사북항쟁은 영원하리라

* 제13장으로 이루어진 장시인데, 지면 관계상 이하 생략한다. −편
집자 주

태백을 노래하며

태백의 하늘엔 별도 많고요
태백의 산골짝엔 새들도 많고 많지요
곤줄박이 그놈은 참 영리해요
사북항쟁의 봄을 노래하지요
눈이 맑은 산토끼 노루가 살고 있는
강원도 정선 사북 고한 태백의 사람들은
착하고 착해서 눈물이 나요
가난하게 살다 가난하게 죽어도
태백에는 사람다운 사람만 살지요
민들레처럼 생명력 있게 숨을 쉬고
천리만리 꽃을 피워요
내가 살아도 내 고향 태백 정선 사북 고한
풀꽃이 피고 지는 그곳에 내 이름을 새겨요
차가운 대리석에 떨어지는
별 하나를 사북의 별이라
별 하나를 태백의 별이라
별 하나를 정선의 별이라
별 하나를 고한의 별이라
노래하고 노래하며 정선 아우라지
아리랑 눈물에 젖어 불러요
동강과 서강이 흘러가며
영월 단종의 애사를 곱씹으며

1980년 4월은 사북탄광의 민주항쟁이라
이제 마음껏 말할 수 있어요

도계(道溪)를 위하여 외 1편

김태수

제 몫의 일용할 양식을 찾아
둥지를 떠나온 새여!
그대는 아직도 고향을 꿈꾸는가
함박눈이 내리는 날
눈처럼 희고 싶은 그대의 그리움은
환호하며 눈밭을 뛰어다니지만
그때부터 오십천은 눈물천이 된다
막장을 돌아 나온 바람이
눈보라에 길을 잃고
도화산이 눈 속에 묻힐 때
그대는 찬란한 탈출을 꿈꾸지만
도계는 갱목처럼 흔들림 없이
그대의 막장을 지킨다
고향은 닳고 닳은 문고리 같은 거라며
젖은 느티나무로 서서
새 봄을 기다리는 도계를 위하여
그대 따뜻한 눈물 한 송이 남겨두게

* 강원도 삼척시 도계는 우리나라 최초의 석탄 생산지였다.

물고팡이꽃

막장의 갱목에 피어 있는
하얀 물곰팡이꽃은
별빛처럼 영롱합니다
지상의 날씨와 달리
늘 비가 내리는 막장에서
석탄보다 더 단단한
어둠을 뚫고 피어나는
물곰팡이꽃은
광부들이 사랑하는 니르바나의 꽃
캡램프 빛은 막장길을 열고
물곰팡이꽃은 꿈길을 엽니다
그대여, 막장에선
휘파람을 불지 마세요
물곰팡이꽃이 집니다
광부들의 청잣빛 꿈이 깨어집니다

막장수첩 1985년 외 1편

김해화

본댐 도수터널 막장 작업장은
열두 시간 맞교대
야간 조는 두 대가리 주간 조는 한 대가리
주야간이 뒤바뀌는 일요일 낮에는
형틀 야간 조 낮일까지 이어서 스물네 시간 세 대가리

밤 열 시까지 대가리 반 야간 연장작업 예정된 철근쟁이
들
슬라이딩 폼 위에서 철근조립 들어가기 전 낙석위험 잡
석들을 털어내고 있었지
지금이 다섯 시 두 시간만 견디면 세 대가리
스물두 시간 견딘 목수들 눈이 가물가물 헐 거시여

슬라이딩 폼 레일 곁에서 전기 플러그를 꽂던 이 목수
아 아 아
붙었다 얼른 전기 끊어라 씨발
이 목수 곁에 가지도 못하고
우왕좌왕 이리 뛰고 저리 뛰는 목수들
반생 절단하던 목수 절단기를 든 채로 달려가더니
앞뒤 가리지 않고 전선을 끊어버린다

펑 불꽃이 튀면서 모든 전기가 나갔다

움직이지 말고 그 자리에 가만히 앉어 앉어
삶도 죽음도 보이지 않는 칠흑의 어둠
어이 최 목수 괜찮은가 나는 암시랑토 안 해 이 목수 이
목수
불러도 대답 없는 동료를 부른다

사무실 사무실 나오시오 슬라이드 폼에서 감전사고 발
생했습니다
지금 정전 상태라 상태 확인할 수 없습니다
알겠습니다 작업자들 모두 움직이지 말고 그 자리에 앉
아 대기하십시오
구조대 들어가겠습니다
비상용 랜턴 하나 없이 작업반장 무전기만 살아있던 그
막장
1985년

우리들의 사랑가 1

지쳐버린 사랑 속까지
차디차게 눈이 내리고
못 믿을 빛깔로 쌓인 눈과 눈 사이에
퍼붓던 겨울비
영하에서만 맴도는 살림을 적시면서
끝끝내 새벽은 오지 않을 듯이 깊어가던 밤
추운 가슴속에
숨이 막히게 떠오른 얼음덩이를 건져내면서
죽자. 죽자. 술을 퍼먹다가는
그래도 살아야지. 눈을 떠보면
수없이 술을 끊으면서
골병과 속병을 이기고 되살아나던 우리들

뼛속까지 스민 추위 속에서도 얼음 박이지 않고
뜨겁게 깨어난 손. 비록
철근을 굽히고 망치를 휘두르던 일터는 빼앗겼지만
부끄럽지 않기 위해
더러는 고깃배라도 타러 여수로 가고
탄광을 찾아 화순으로 가고

"형님, 봄 오믄 우리 꼭 다시 만납시다.
노가다판에서 만나 눈뜬 인생들

노가다판에서 끝장을 봐야지라."
봄을 기다리면서
끝끝내 찾아올 새벽을
뜨거운 노동을 기다리면서
끝내는 눈물로
우리는 우리를 사랑하였네

마지막 광부 외 1편

문창길

폐광촌 슬레이트 지붕 위에 별빛 흐르면
주뼛주뼛 주인 잃은 티브이 안테나가
지친 어둠에 묶인다
실낱같은 한 가닥 희망이
시린 바람 끝으로 가슴을 지나면
살아가는 길만큼이나 꿈틀대는
갱도를 따라 더 나아갈 곳이 없는
막장에 박힌 꿈들을 송두리째 캐내고 싶은
폐광촌 마지막 광부들
궤도차가 흔들릴 때마다 절망 반 시름에 겨워
탄가루에 묻히는 자신들의 삶을
말없이 태우고 있다

비정규직 김용균 아우여

김용균 아니 다시 불러도 희망 어린
만국의 노동자 김용균 아우여
그대가 컨베이어로 나르는 석탄으로
저 거대한 자본의 체온을 덥히는 동안
그대의 지친 몸은
자꾸만 검은 늪으로 빠져드는 것을
하늘을 우러러 참 부끄러운 나는 몰랐네
모른 것이 아니라 검은 눈을 뜨지 못했네
나는 내가 아닌 듯
망국의 문장 노동자도 되지 못했네
그렇게 시 나부랭이나 끄적대는
시인이 무슨 대수이겠나
그러나 아우여 김용균이여
만국의 비정규직 노동자여
나는 반성하네
불굴의 비정규직 노동자를
내 눈으로 내가 보지 못하는
내 가슴으로 나를 뜨겁게 달구지 못하는
이 땅의 나들과 함께
용균이 자네의 아직도 뜨겁게 살아 있는
가열찬 심장을 멈추지 않게 하겠네

사북 외 1편

박광배

입적이란 걸 하라고 했다.

시커먼 개천 너머
게딱지 같은 사택이 보였다.
안전모를 쓴 검은 작업복의 사내가
도시락 주머니를 들고
다리 쪽으로 걸어가고 있었다.
그늘에선 아이들이 놀고
여인네들이 지나갔다.
산중턱,
검은 입에서 탄차가 기어 나왔다.

어디로 가야 하나

그해 여름,
끓는 한낮.

검은 강

이씨는 손목이 없었다.

"니가 창녀냐. 이 년아!"

남은 한 손으로 머리채를 흔들고
아이는 자지러지고
울음 섞인 그의 일갈에
여자는 눈물만 흘렸다.
쪽방으로 흘러든 그는
우리 현장에서 등짐을 졌다.

네 살 아이가 트럭에 치여 죽고
도로 공사장에 나간 아비는
고속도로 다리 밑에다 천막을 치고
일곱 살, 네 살 아이를 데리고 산다고 했다.

밤에 눈을 뜨면
어느 놈은 앉아 허공중에 주먹질이고
어느 놈은 엉금엉금 기어 다녔다.
또 어느 놈은 이를 갈며 고함을 질러댔다.
옆방에는 김씨가 송장으로 누워 있었다.

석씨는 광산에서 일했다고 했다.
손가락이 없었다.
손목이 없는 박씨는 배추밭 지게질을 했고
손목이나마 남아 있는 석씨는
산장공사에 공구리를 쳤다.
현장소장도 오른 손가락 3개가 없었다.

손을 먹은 세상은 산 너머에 있는데
손가락 없는 이들이
골짜기로 몰려들던
그해 산읍.

증산역 외 1편

박영희

새벽 두 시.

서른일곱 개의 터널을 헤쳐온 청량리발 기차는
증산역*에 십 분간 정차했다

여덟 칸 중
뒤쪽 세 칸이 먼저 구절리로 떠나면
남은 객실에 피어오르는 어둠 속 비명들

어디로 가는 걸까,
너에게 다시 돌아갈 수 있을까?

사북역에 내리면
두 개의 하늘 속 수갱(竪坑)으로 떠나는
기차를 갈아타야 한다

* 증산역은 폐광 이후 민둥산역으로 바뀌었다.

또 다른 막장

사흘 날밤이다
팔 할을 내주고 이 할을 얻었다

현금이 바닥이다
카드를 긁는다

아, 얼마나 버틸 수 있을까!

야트막한 언덕배기에도 숨이 가빠오고
아랫도리는 고개 떨군 지 오래

그 길로 아내가 야반도주하고,
카지노 입구 전당포에 잡힌 승용차도
반나절 만에 바닥을 드러낸다
이제 무엇이 남았는가

왔던 길 끊기고
이 할의 희망마저 바닥이 나고
저기, 쥐구멍 하나 보인다

폐광이다.

미아 외 1편

서승현

마지막 농성하던 노조 앞 텅 빈 광장

먼 눈길 다다른 곳
회색빛 하늘 아래 조각난 석탄 버력들
멸망한 왕조의 폐허처럼 흩어져 있다
이리저리 골라대던 손끝에서
밀리고 제외되다 끝끝내 밀쳐졌다

북풍 한풍 몰아쳐도
처마 밑에 구공탄 높다랗게 쌓아두고
뜨끈한 아랫목에 뒹굴며
등 두드려 힘쓰게 하더니
지금은 쓸모없다 버려진
천지간의 미아
백악기 지층으로 회귀를 꿈꾸는
검은 다이아몬드 족속들

소외의 뒤안길을 선택당한 채
한숨도 쉬기 힘든 진폐증 사내가
그만 연초록빛 허공 속으로 사라지고 싶어
휠체어 바퀴를 느리게 민다.

길 아랫집

솔모랭이 돌아 신작로 걷다 보면
넌지시 발걸음 끌어당겨
비탈진 돌계단 내려서게 하는 곳

때로는 미닫이 유리 쪽문 열릴 때마다
거나한 노랫가락에 섞인 푸념들이
빛바랜 푸른 페인트 조각처럼
점점이 떨어져 마당을 떠돌던 곳

씻어내도 파고드는 검은 분진이
그날의 노역으로 쌓인 가슴들 열고
느릿하게 군정거리며 익는 삼겹살을 안주 삼아
흰 막걸리 한 사발을 감로수처럼 비우던 곳

폐광 뒤 모두 떠난 좁고 깊은 마당에는
벌겋게 달아오르던 무쇠난로 하나
뼈만 남은 연탄재 끌어안은 채
녹슬어 구멍 뚫린 몸통으로 삭아가고 있다
검은 루핑 지붕을 들썩이던 목소리들
빈 항아리 밑바닥에 엉켜 붙어 있다

솔바람도 쉬어가는 길 아랫집

꿈을 향해 검은 인주를 찍어
꾹꾹 옮기던 발걸음 받쳐주던 돌계단은
먼 길 떠난 몇몇 이 소식 전해주려는 듯
단단했던 허릿살 드러내며 허물어지고 있다.

제3부

진폐(塵肺) 외 1편

침이 달았다
바람이 불면 욕하고 싶었다

거울을 들여다보면 내가 지옥이다
창문을 열면 검은 얼굴이 환하게 빛났다
일찍 떠난 사람들은 읽을 수 없는 편지를 보내왔다

아버지가 내 이마를 만지면
내 꿈도 얼룩졌다
내가 볼 수 있는 슬픔만을 보리라
검은 손톱은 일종의 폐허였다

아이들이 썩은 이를 지붕 위에 던지면
썩은 이가 돋았다
기차가 들어서면 흑해의 소금 냄새가 났다
뒤를 돌아보면 꽃들이 썩고 있었다
창문을 닫아도 아버지는 이미 더러워져 있었다
산 사람 속에서 죽음을 끌어내고 있었다

교실 C관에서 수음하던 날
꿈속에서 죽은 여자가 내게 말했다
네 속의 빛나는 너를 보여다오

실뭉치 같은 여자가
꿈 밖으로 따라왔다 흑해 냄새가 났다

이 세계를 한 방에 쓰러뜨릴 수 있는가
모든 것은 각도의 문제였다
기침을 하면 검은 꽃이 쏟아졌다

사북

사북이라고 쓰면 내 손에 불길이 치솟는다

어린 시절 추운 겨울을 감싸준 건
한 장의 연탄이었다
뜨거운 밥과 뜨거운 물로
몸과 영혼을 씻어준 것도
한 장의 연탄이었다
독재 시절 자유의 열기를 데워준 것도
한 장의 연탄이었다

내 살과 피와 골수에 깃들어
내 몸을 일으켜 세운 건
연탄의 힘이었다

한 장의 연탄이
베니다 합판으로 엮은
사북 장진산 칼바람과 배고픔으로
만들어진 것을 알지 못했다
썩은 쌀을 먹으며
갱도에서 죽음과 맞바꾼
목숨 값이었다는 걸 헤아리지 못했다

고문을 당하고
안경다리에서 돌을 던지며 절규하던
그 흑백의 함성이
연탄 한 장에
새파란 불꽃으로 일렁이고 있음을 알지 못했다

누군가 기침을 하면
엑스레이 사진 속 검은 폐에
터진 별이 뜨던 그 밤을 알지 못했다

시를 쓰면서
내 흰 손이 부끄러웠다

지옥에서 돌아온 사나이 외 1편

성희직

거짓말처럼 한순간에 무너져버린 막장
저만큼에서 다가오는 저승사자의 발걸음 소리
"어차피 우린 죽더라도 남은 가족은 살아야 해!"
누군가 다급하게 소리치면서 도끼를 움켜쥐고는
갱목 껍질 벗기고서 석탄 조각으로 유언을 쓴다.
'우리 가족들에게 2억씩 줘라'

자꾸만 밀려드는 죽탄 더미에 파묻혀
하나 둘 셋…… 눈앞에서 죽어가던 동료들
견뎌내기 어려운 갈증엔 오줌을 받아 마셔가며
하루 이틀 사흘 하고도 열아홉 시간
가물거리는 의식 속에 꿈결처럼 들리던 목소리
"찾았다! 여기 한 사람 살아 있다."

지옥에서, 저승에서 살아나왔다며
다음 날 신문에는 '인간 승리 광부 여종업*
인간 승리라고? 세상 사람들은 알기나 할까?
도끼로 깎은 갱목에다 유언을 쓰고
주검이 된 동료 곁에서 며칠을 견뎌낸 광부……
그런 막장으로 날마다 들어가는 광부들의 심정을.

* 여종업 : 태백시 한보탄광 광부. 1993년 8월 13일 갱내 '물통사고'로
  갇혀 함께 일하던 동료 5명이 숨지고 극적으로 혼자 구조됨.

1980년 '사북'을 말한다

가진 것 없고 배운 것도 없고
아무런 빽도 없어 선택한 막장인생
열심히 탄을 캐면 돈을 벌 줄 알았다
열심히 일하면 희망이 있을 줄 알았다
죽기 살기로 일하면 막장인생 벗어날 줄 알았다.

하지만 도급제 노동은 그게 아니었다
땀 흘린 대가는 너무도 보잘것없고
회사는 늘 안전보다 생산이 먼저였다
노동조합은 한 번도 우리 편이 아니었고
공권력마저도 한통속이었다.

입이 있어도 말하지 못하고
보고도 못 본 채 듣고도 모른 채
'주면 주는 대로 받고 시키면 시키는 대로 하라'
그렇게 짐승이길 강요했다. 노예처럼 살라 했다
짐승도 발길에 차이면 눈빛이 달라지기 마련
더는 참고 살 수가 없었다
둑이 무너지듯, 활화산 불길처럼 폭발해버렸다.

계엄령 서슬에 꽁꽁 얼어붙은 대한민국
지식인들은 침묵했지만 우린 무식했기에 용감했다.

1980년 4월 사북항쟁의 역사는 그렇게 시작되었다
인권 사각지대 안전 사각지대에 버려진 막장 인생들
'광산쟁이도 사람'임을 세상에 선언한 거다.

이러한 원인과 시대 상황을 무시하고서
누가 우리를 폭도로 내몰았나?
언론은 왜 폭동으로 진실을 왜곡했던가?
그 시절 역사의 현장에 함께했던 주역들은
고문 후유증과 생활고에 하나둘 쓸쓸히 죽어가고
사북광업소마저 폐광으로 2004년 10월 문을 닫았다
우리의 억울한 사연도 무너진 갱도에 묻히고 마는가?

이 세상천지에
우리의 검은 손 잡아줄 사람 아무도 없단 말인가?
이제 늙은 아버지 어머니 된 우리의 소원은
'폭도'라는 이름의 주홍글씨
'사북사태'란 굴레에서 벗어나고 싶다
얼마 남지 않은 인생, 한 줌의 흙으로 돌아가기 전에.

발파공의 편지 외 1편

송경동

지하로 지하로 가는 우리
어떤 이는 삽을 씻어들고 간다
당신은 드릴을 메라 하고
다이너마이트를 안고 나는 간다
작업량 완수를 다짐하는
관리자들의 빛나는 구두 밑창을 지나
어둔 갱 속 다시 내려가다 보면
우리는 무엇을 뚫으며 살아왔는지
암반처럼 막아서는 커다란 의문
하지만 이제 우리는 안다
절망의 불꽃이 닿으면
모든 것 날려버리고 마는 저 다이너마이트처럼
우리 고운 마음속에도
비수로 꽂힌 뇌관 하나씩 있어
아직 발파는 끝나지 않았다
더 뚫어야 할 역사의 광맥
진실의 광맥이 남아 있다

나는 그때 아주 작은 아이였습니다

당신을 만난 건
갯비린내가 나던 아이 때였습니다
당신과 내 또래 당신의 아이들은
석탄처럼 검었습니다

강원도 정선 어디선가 왔대요
폐광이 되어 보따리 몇 개 메고 왔대요
남편은 냉동창고 생선궤짝 나르는 일을 구했대요

강제소등을 시키고
통행금지 사이렌이 요란히 울리던 시절
토벌대마냥 작은 불빛 하나까지 단속 다니던
방범꾼들 호각소리 피해 소곤거리던
어머니 말이 아득했습니다

그때 우린 전라도 바닷가 끝자락
읍내 오일장터에서 굵기가 다른 피꼬막처럼
방 한 칸에 외할머니까지 일곱 식구가 살며
종일 떡살을 찧고 고춧가루를 빻는 소리로
요란하던 제유소를 하고 있었더랬습니다

없는 듯 당신의 아이들은

말이 없이 단단했습니다
당신이 우리 집 허드렛일을 거들 동안
죄 진 것 없이 문밖 공터 저만치 떨어진
흙바닥에서 자갈처럼 묵묵했습니다

그런 당신의 아이들과
난 친구가 되고 싶었지만
입을 꼭 다문 그늘을 함부로 열고 들추는 법을
어린 나는 알 수 없었습니다
나는 그때 아주 작은 아이였으니까요

지금도 어둑한 저녁나절
낱장 몇 개의 품삯과 기계 밑에 흘린
곡물가루를 살살 모아 담은 작은 보자기 하나를 들고
또 한 손으론 공터 어둔 그늘에 잠긴
감자만 한 아이 둘을 캐내 멀어져가던
당신을 잊지 못합니다

나는 살아오며 어떤 위대한 시인이나
철학자나 정치가를 쫓아오지 않았습니다
내가 쫓아온 것은 당신과 당신 아이들이
걸어간 그 고단한 시대의 뒤안길

말할 수 없이 선하던 당신의 설움을 캐는 일이
어떤 세상의 광물을 캐는 일보다
귀하고 소중했습니다

당신은 어느 산천에 나비가 되었나요
어느 강가에 푸른 꺽지가 되었나요
첩첩산중 강물은 돌고 돌아 바다로나 가지요
고단한 우리 몸은 돌고 돌아 어디로 가는 걸까요*
이 세상에 단 한 명의 소외된 영혼이라도 남아 있다면
마음 깃 여미고 조심스레 살아야 하는 게
인생이란 것을 다시 배워야겠지요

나는 그때 아주
아주 작은 아이였을 뿐입니다

* 〈정선아라리〉 중에서 따옴

사북의 꿈 외 1편

안상학

한 아이가 있었다
아버지의 꿈은 가수였다
아버지의 아버지는 딴따라의 길을 막았다
가수의 꿈이 꺾이고 음독으로 망가진 몸
안간힘으로 솔가하여 사북 막장으로 흘러들었다
아이는 세 살이었다
아버지는 채탄 더미와 술병 더미에서 세월을 보냈고
아이는 검은 세상에서 맑은 세상을 꿈꾸며 자랐다
아버지의 꿈은 검은 가슴속에서 소멸해갔고
아이의 가슴에선 그 꿈이 저도 몰래 소생하고 있었다
시냇물을 검게 그림 그리며 자라서
눈동자가 검은 아이
검은 시냇물도 여울 소리는 맑아서 목소리가 맑은 아이
죽지 못해 찾은 땅 살지 못해 떠나는 땅
검은 세상 맑은 시를 가르치던 어느 시인을 떠나
검은 세상 시린 삶을 가르치던 아버지를 떠나
검은 물에 몸을 싣고 아이는 세상으로 흘러갔다
꿈을 잃고 찾아든 아버지의 땅을 꿈을 찾아 떠나갔다
스무 살이었다
아이의 검은 가슴에서 맑은 시와 노래가 자라는 동안
시인은 폐암으로 죽어서 사북을 떠나고
아버지는 진폐증을 안고 사북을 떠났다

아이가 서른 즈음
시인의 시와 아버지의 꿈이
아이의 가슴속에서 만나 시노래가 되었다
검은 시냇가에서 자라 눈동자가 검은 아이
그래도 물소리는 맑아서 목소리가 맑은 아이
시인과 아버지가 꿈꾼 세상의 시를 노래하는 아이
꿈은 사람들이 이어가는 강물과도 같아서
아이의 시노래는 아픈 세월일수록 맑게 흐른다
검은 세상일수록 맑은 소리를 내며 흘러간다

생명선에 서서

이쯤일까
생명선 어디 이순의 언저리에 나를 세워본다
앞으로 남은 손금의 길 빤하지만 늘 그랬듯이
한 치 앞을 모르겠다
지나온 길은 내가 너무도 잘 아는 길
오늘은 더듬더듬 그 길을 되돌아가 본다 이쯤에서
딸내미가 환한 얼굴로 살아가고 있다 다행이다 지나간
다
송장 같은 내가 독가에 처박혀 있다 지나간다
다 죽어가던 내가 점점 살아나고 나는 지나간다
온갖 말들의 화살을 맞고 피 흘리는 내가 있다 지나간다
딸내미에게 용서를 구하는 내가 있다 지나간다
나는 나로 살겠다고 다짐하던 몽골초원 자작나무 지나
간다
권정생 선생이 살아나고 나는 서울이다 지나간다
우울한 여인이 나타나고 환해지고 사라진다 지나간다
새벽 거리에서 울고 있던 나를 지나가면 이쯤에서
울고 있는 어린 딸내미가 다시 서럽게 혼자서 울고 있다
지나간다 뺑소니가 지나가고 오토바이가 일어나고
아버지가 술배달을 하고 있다 나는 모른 척 지나간다
시를 접고 공사판에서 오비끼를 나르는 나를 지나가고
없는 아내가 있다가 사라진다 지나간다

차마 말하기 힘든 청년을 만났다 지나가고
청년이 알던 처녀의 소녀가 있다 지나간다
시를 쓴다 쓰지 않는 우울한 소년을 지나간다 이쯤에서
새새어머니의 빗자루가 지나가고 새엄마가 칼을 맞고
있다
지나간다 엄마 같던 새엄마가 햇감자를 쪄주던
1974년 생일날, 지나간다
무덤에서 나온 엄마가 병원에 누워 있다 지나간다
어느새 엄마는 훈련소 길목에서 가겟방을 하고 있다
홍역을 지나가고 라면을 먹던 군인들을 지나간다
닭을 잡아 시장에 내다 팔던 아버지를 지나간다
크림빵을 훔쳐 먹던 나를 노려보는 엄마를 지나간다
가물가물 연탄가스에 중독된 나를 지나가면 이쯤에서
강원도 탄광에서 야반도주 온 외삼촌네 가족이 있다
식구 많은 밥상이 여러 개 놓여 있다 지나간다
종이 제비를 접어 날려주던 작은외삼촌을 지나간다
흙을 퍼먹던 네다섯 살 나를 지나간다
월남방망이 사탕에 까무러치던 누이를 지나간다
가물가물, 이쯤에서, 이쯤에서 길은 끝난다 손금의 길은
빤한데
더 이상 어려지지 않는 길 앞에서 길을 잃는다 이쯤에서
분명 지나왔을 과거도 미래처럼 한 치 앞이 보이지 않

는다
　망연하고 자실하여 돌아선다
　되짚어 나갈 길이 아득하다
　저 길을 다시 어떻게 걸어가나 두 번 다시 못 걸을 길
　굽어보는 그 길 오른쪽으론
　떠나가는 것들, 눈물 나는 것들, 사라지는 것들, 쓰러지는 것들, 절망하는 것들, 그리운 것들, 그늘진 것들이 있고,
　굽어보는 그 길 왼쪽으론
　돌아오는 것들, 눈물 닦는 것들, 나타나는 것들, 일어서는 것들, 희망하는 것들, 눈에 넣어도 아프지 않는 것들, 햇살 바른 것들이 있다
　아직도 그들은 서로 한데 있지 못하고 따로 따로 서 있다
　영원히 화해하지 못할 그 길을 지나가고 지나가고 지나가서
　나는 나를 다시 이순의 언저리에 세워본다

사북, 봄날의 교향곡 외 1편

양기창

서시

사람이 불을 발견하고 불을 다룰지 알아가면서 사람이
사람으로 더 나아가는 동안, 사람도 나아가고, 불도 나아
가고, 탄가루에 핀 불에 의해 주둥이가 막혀 있는 물 주전
자가 폭발해버린 동기로 증기기관차가 만들어지고 혁명
이, 산업혁명이 일어나게 되었다. 그 후로 사람들에게는
쉼 없이 요구되는 탄가루가 있었다.

사북 갱도 속에 탄가루 날린다
에너지를 얻기 위한 다양한 노력들
결국, 사람이 만들어놓은 과업
석탄으로든, 석유로든, 원자핵으로든
다양한 폭발을 만들어내기 위한 노력들
기차로든, 자동차로든, 핵잠수함으로든
계속된 전진을 요구하고 있었다
전진의 힘은
사북 갱도의 깊이에서도 알 수가 있었다

계급

사람이 사람으로 진화한 처음에는 계급이 없었다고 한

다. 원시공산제 사회에서의 수렵과 채취, 사북의 원시시대에도 그랬을 것이다. 그러나 계급사회로 나아가는 동안 노예제 사회에서의 노예소유주와 노예의 계급 관계로, 봉건제 사회에서의 지주와 농노의 계급 관계로, 지금의 자본주의 사회에서의 자본가와 임금노동자의 계급 관계로 나아가는 동안 많은 사람의 삶은 피폐해져 갔다. 사북에서 탄을 캐기 시작하면서도 마찬가지였다.

사북 갱도 속에 탄가루 날린다
막장이란 말이 있다
채굴 막장, 굴진 막장
갱도의 막다른 곳, 그곳의
굶주린 쥐 떼들이 인생 막장을 맛보게 한다
카바이드 등불에 희미해져 가는 숨소리
그곳에는 계급이 없는 듯 보인다
살아서 나갈 수는 있는가
매일 반복되는 마른기침 소리 들리는 것이
차라리 행복이었어
그래도 지상의 계급사회로 다시 나가는 게
차라리 행복일 수도 있겠어

어용

　한때 어용이라 함은 용의 탈을 쓴 이무기를 어용(魚龍)이라 생각했는데, 본디 뜻은 임금이 기용해서 쓴 사람을 가리키는 말이었다. 사북에도 노동조합이 있었으나 어용노조, 그 노조위원장은 사북의 새로운 귀족, 분명 자본가가 아니었지만, 자본가만큼이나 징한 놈이었다. 한낱 미꾸라지 어(魚)에 지나지 않았지만 말이다.

　사북 갱도 속에 탄가루 날린다
　배신의 칼날은 매서웠다
　판잣집 연탄 아궁이에 피어오르는 불꽃 속살은
　붉은색으로 파란색으로 샛노란 색으로
　차츰 야위어가고 있었다
　등골만 쪽 빨아가듯이, 알면서도
　모르는 척, 애써 외면했었다
　그렇게 정선아리랑을 타고 넘는
　사북의 겨울을 갱도와 이어진
　대륙의 철길로 마저 보내면서
　이번에는 이번에는 하면서
　일말의 기대를 해보았지만
　봄이 되어서도 마찬가지,

배신의 칼날은 매서웠다

항쟁

폭동과 항쟁의 차이는 무엇인가? 집단적 폭력 행위로 안녕과 질서를 어지럽게 하는 일을 폭동이라 하고, 상대에 맞서 싸우는 것을 항쟁이라고 국어사전에서는 정리하고 있다. 사북폭동에서 사북사건으로, 지금은 사북항쟁으로, 민주화운동으로 인정받은 1980년 4월 21일부터 나흘의 항쟁, 결국 사람이 죽어야 불길이 치솟아 오르는 항쟁이었다.

사북 갱도 속에 탄가루 날린다
갱도를 뒤흔드는 폭발음, 진동,
그리고 칠흑 같은 어두움
어디에서부터 잘못되었을까
사람이 죽어나가는 갱도 안에서보다
결탁해버린 경찰차에 깔려 죽는 게
더 나을 수가 있었나
부마항쟁도 김주열 시신이 마산 앞바다에 떠오르면서
광주민중항쟁도 공수부대가 광주시민을 학살하면서
6월항쟁도 박종철 사인이 밝혀지면서

항쟁은 걷잡을 수 없는 들불이었다
사북도 마찬가지
일시에 사북을 해방구로 만들어버린 항쟁은
피를 먹고 자라는 민주주의의 접점이었다
사북, 장송곡 가락은 저리 가라 하고
해방의 노래를 부르자 하네

교향곡

항일무장투쟁의 역사를 근현대역사의 전통이라고 말하
는 이들이 있다. 우리 역사에서 교훈을 주는 항일무장투쟁
의 전통을 교향곡으로 만들어 연주한다. "행복은 저절로
오는 것이 아니라 싸워 이겨서 쟁취해야 합니다."

사북 갱도 속에 탄가루 날린다
씻어도 씻어도 탄가루가 지워지지 않았던
먹먹한 낮이, 교향곡이 울려 퍼지자
아름다운 하모니가 씻김굿이 되어
환한 웃음으로 화답하고 있었다
탄가루 검은 산속에 가끔은 연한 진달래가
유독 붉게 보였다
지하로 다시 하강하기 위한 준비를 하는 동안

계속 울려 퍼지는 교향곡
다시 막장을 파야 하지만
쿵쾅대는 반주 소리에
심장도 벌렁벌렁, 주체하지 못해도
오늘이 좋아, 지금이 좋아
사북 갱도 속에 탄가루 날린다

봄에 대하여

잎이 먼저 꽃을 부르고
아니 꽃이 먼저 잎을 부르고
봄은 각각 앞 다투어 시나브로
매화 전선은 이미 북상을 했고
이젠 벚꽃 전선이 북상을 할 차례인가

봄
아~ 봄
정선의 봄
불러보아도 감탄사가 아니 되는 봄
추위가 물러가서 순리인가
추위를 물리쳐서 희망가를 부르는 것인가

이 봄에 가장 아픈 추억은 뭘까?
제각각 대답하기 전에 생각을 하겠지만
생각하기 전에 튀어나오는 그 봄
꽃샘추위

갔다고 한들
물리쳤다고 한들
매년 어김없이 첫사랑의
아픈 추억을 상기시켜주는

그리움과 연민을 더해주는 애증의 그 봄

다시 사북에는 눈이 내리고
얼음장 풀린 덕산기 계곡 사이로
시샘하는 냉기를 불어 넣어보지만
역부족이다

이 고비 넘으면
본격적인 봄의 진로가 거침없이 펼쳐질 것인 바
뒤돌아볼 시간이 없을 것이다
온 산에 연한 불붙어 진달래 피면
임 그리워 떨구었던 고개를 들어라

우리는 그게 나라인 줄 알았다 외 1편
— 사북항쟁 40주기에 부쳐

이상국

그때는 그렇게 살아야 하는 줄 알았다
세상이 전깃불처럼 환해도
캄캄한 막장에서 두더지처럼
그렇게 살아야 하는 줄 알았다
우리는 그게 나라인 줄 알았다

그때는 그렇게 죽어야 하는 줄 알았다
시커먼 삶의 폭탄을 안고 막장에서
목숨을 버려야 하는 줄 알았다
그게 노동자이고 우리는
그게 나라인 줄 알았다

그렇게 피를 흘리고 40년이 지났는데 지금도 우리나라
에서는 하루 평균 7명 정도가 산업재해로 죽는다고 한다

떨어져 죽고
부딪쳐 죽고
깔려 죽고
터져 죽고
끼어 죽고
치어 죽고

불타 죽는다고 한다

　그렇게 죽은 노동자의 사용자에게 부과하는 벌금이 평균 450만 원 정도라고 한다. 영국은 최소액이 약 8억 원으로 한국 노동자 177명이 죽어야 나오는 액수이고 2010년 미연방교통국이 산정한 시민 1명의 가치는 약 610만 달러*라고 하는데……

　　* 졸시 「……고 하는데」에서

다시 희망에 대하여

희망이 변했다
옛날에는 희망이 그냥 희망이었는데
요즘은 고문이라고도 한다
사람들은 말도 잘 만든다
정선은 백여 년 전에 태어난 어머니 고향이고
사북은 카지노에 갔다가 돈 잃고 온 곳이다
술 좋아하고 곡 잘하는 어머니를 닮아
나는 어려서부터 시를 지었다
나의 희망은 유명한 시인이 되는 것이었고
유명은 아직 나를 짓누른다
사북도 시인도 깊고 멀다
언젠가 그곳에서 노동자 항쟁이 있은 뒤
나는 "우리가 아무리 어려워도
희망을 다 써버린 적은 없었다"*는
시를 쓴 적이 있었는데 오늘
다시 사북에 와 희망을 쓴다
희망은 남에게 줄 수도 없고
버려도 누가 가져가지도 않는다
희망은 저 혼자다

* 졸시 「희망에 대하여」에서

사북의 노래 1 외 1편
— 이원갑의 말

이승철

우리는 신에게서 불을 훔친
프로메테우스의 아들들
검푸른 진주를 캐내어
세상의 어둠을 밝혔고
공장 발전기를 가동시켜
근대적 인간들을 키웠다.
허나 말뿐인 산업 전사였다.
독재자와 동원탄좌 자본가들은
우릴 개돼지 허수아비로 취급했다.

그리하여 우리 또한 직립의 인간으로
살고 싶었어, 얼얼한 침묵뿐인
막장 하늘을 열어젖히고 싶었어.
마침내 수백 미터 갱도를
뚫고 나온 검은 함성을 보아라.
어용노조 회색 깃발을
단숨에 찢어발기던 그날
일천구백팔십년 사월 이십일일
석탄백탄처럼 뜨거운 외침으로
불칼처럼 선연한 주먹총으로
경찰의 바리케이드를 넘고 넘어
꼬박 나흘간 정선 사북 땅에

단말마처럼 울려 퍼진 목청들아.

육천 명의 검은 진주들이 그날
일제히 한목소리로 빛을 토하자,
독재자와 자본가, 그 하수인들은
미친 듯이 당황하기 시작했어.
분노로 이글거리던 검은 산하
어화둥둥 산천초목이 따라 울었고
하늘 위로 솟구친 핏빛 목소리뿐.
그때 그 누구도 흔들리지 않았어.
우리가 선택한 그 길을 따라
처음으로 우리가 인간인 것을
그저 똑똑히 확인했을 뿐이야.
나를 사람으로 일깨워준 사북이여!
그날 우리가 부른 그 노래를
다시 한번 뜨겁게 불러다오.

사북의 노래 2
— 사북항쟁 동지들에게

그날 당신들은 우리들에게
사람으로 산다는 것이
무엇인지 일깨워주었어.
세상을 밝히는 불빛이
어디에서 비롯되는지
생명의 씨앗이 어디서 발화하는지
검은 하늘 검은 대지 위로
솟구치던 우리네 사랑이
불꽃처럼 꽃불처럼 나부끼고 있었어.

그날 당신들은 전두환 합수부에
개처럼 무지막지하게 끌려갔지만
저 파쇼적 국가폭력에 맞서
온몸으로 저항하고 있었어.
전혀 흔들리지 않은 채
독재자의 두 눈을 꼬나보던
프로메테우스의 아들들이여.
군홧발에 사정없이 짓이겨졌지만
당신들은 결코 항복하지 않았어.
40년 성상을 의연하게 견디었어.
한국 최장기수 양심수로 갇혀
아직껏 수인으로 살고 있을 뿐.

사북항쟁 40년 불꽃이여.
우리는 그대 큰 이름을
헛되이 부를 수 없었어.
그 불덩어리 함성 속에
그대들이 오롯이 키워낸
인권의 깃발을 보았어.
민주주의라는 이름의
그 몸짓을 우린 보았어.
저 막장 깊숙이 처박힌
검은 진주들의 울음을 보아라.
이천이십년 사월의 사북 땅이여.

그날 당신이 못다 부른 그 노래
내 영혼에 꽂히던 황홀한 그 눈빛
같잖은 세상을 갈아엎던 그 행동이
오늘의 나를 끝없이 일깨워준다.
기억하라 사북, 사북의 노래여!
사북민중항쟁 40년 세월이여.
지금 사북이 되살아오고 있다.
오늘 그대에게 우리는
가장 아름다운 꽃 한 송이를 바친다.

별다방 외 1편

이원규

저 멀리 빛난다고 다 별빛은 아니었네
점촌역전 골목의 지하 다방
그녀의 청보라 스웨터에 별들이 반짝거렸지
한번 불 붙으면 펄펄 뛰는 팔각 성냥갑
달달하게 녹기 전에는 날 세운 각설탕

오빠야, 내도 차 한잔 마실게
옆자리 앉자마자 허벅지 쓰다듬으며
근데 얼굴이 캄캄한 오빠는 뭐 하는 사람?
나야 뭐, 지하 막장에서 벼, 별을 캐지
아, 죽어야만 2천만 원짜리 그 막장 꺼먹돼지!
그래 그래 별마담, 커피 두 잔 부탁해

철없는 시인이 되었다가 폐광하고
경제학원론을 불태우던 그 시절
지하 1층 별다방에서 별똥별을 보았지
밤마다 9톤의 별들에게 다이너마이트 터뜨리며
지하 700미터 막장에서 운석을 캐냈지
오후 네 시에 팔팔 항목으로 들어가
자정 무렵 시커먼 포대자루로 기어 나오면
코피처럼 폐석처럼 쏟아지던 별빛들

세상도 나도 너무 밝아져 다 식어버렸네
지천명 넘어서야 밤의 지리산 형제봉
해발 1,100미터 산마루에 홀로 누워
아득하고 아련한 별빛들을 소환하네
아주 가까이 빛나던 것들은 모두 별빛이었지

달빛을 깨물다

살다 보면 자근자근 달빛을 깨물고 싶은 날들이 있다

밤마다 어머니는 이빨 빠진 합죽이였다
양산골 도탄재 너머 지금은 문경석탄박물관
연개소문 촬영지가 된 은성광업소
육식공룡의 화석 같은 폐석 더미에서
버린 탄을 훔치던 수절 삼십오 년의 어머니
마대자루 한가득 괴탄을 짊어지고
날마다 도둑년이 되어 십 리 도탄재를 넘으며
얼마나 이를 악물었는지
청상의 어금니가 폐광 동바리처럼 무너졌다

하루 한 자루에 삼천 원
막내아들의 일 년치 등록금이 되려면
대봉산 위로 떠오르는 저놈의 보름달을
남몰래 열두 번은 꼭꼭 씹어 삼켜야만 했다

봉창 아래 머리맡의 흰 사발
늦은 밤의 어머니가 틀니를 빼놓고
해소 천식의 곤한 잠에 빠지면
맑은 물속의 환한 틀니가 희푸른 달빛을 깨물고
어머니는 밤새 그 달빛을 되새김질하는

오물오물 이빨 빠진 합죽이가 되었다

어느새 나 또한 죽은 아버지 나이를 넘기며
씹을 만큼 다 씹은 뒤에
아니, 차마 마저 씹지 못하고
할 만큼 다 말한 뒤에 아니, 차마 다 못 하고
그예 들어설 나의 틀니에 대해 생각하다
문득 어머니 틀니의 행방이 궁금해졌다
장례식 날 대체 어디로 사라진 것일까
털신이며 속옷이며 함께 불에 타다 말았을까
지금도 무덤 속 앙다문 입속에 있을까

누구는 죽은 이의 옷을 입고 사흘을 울었다는데
동짓달 열여드렛날 밤의 지리산
고향의 무덤을 향해 한 사발 녹차를 올리는
열한 번째 제삿날 밤이 되어서야 보았다
기우는 달의 한쪽을 꼭 깨물고 있는, 어머니의 틀니

제4부

항쟁의 기억법 외 1편

전선용

생을 채굴하다가 다다른 막장은
불판 위 돼지막창처럼 뜨겁다
벚꽃 아무렇게 지는 마을을 돼지우리라고 명명하면
막장은 조화(弔花) 향으로 번져나간다
곡괭이로 빛을 묻고 빚을 캐는 광부
맹수였다면 억울할 때 물어뜯기라도 할 텐데
이빨 없는 부리로 분진을 나르는 갱에서
주검의 보루는 침묵,
블랙홀에 빠져본 사람이 까마귀 흉몽처럼 다가설 때
번쩍,
부리가 곤추섰다
사체 더미를 빙빙대던 음습한 울분이 조기(弔旗)처럼 나
부끼는 마을
최후란 말은 막장과 같은 말인 것을,
가면 따위 쓰지 않아서 다행이다
마을에 수호신은 없었으므로 나의 함성은 무기,
막다른 골목에서 짐승을 피할 길 없어
눈을 부릅뜨고 울부짖는다
작도* 당한 부비끼**
인간을 측량하는 짐승 눈에 광부는 사람이 아닌 것을,
검정에 검정을 덧댄 갱에서 검은 나비가 솟구치고
봄은 겨울처럼 지나갔다

다신 봄 같은 봄은 오지 않았지만,
꽃은 모른 듯 피고 졌다
사라진 봄을 이제 불러들일 때,
항쟁의 기억
꿈틀댄다.

* 탄을 캐오면 눈대중으로 측량하는 것
** 삭감의 뜻으로 탄광에서 쓰는 용어

버찌 같은

아버지의 아버지 대부터 전해오는 메시지가
광부 낯빛처럼 까맣다
"너는 이렇게 살지 말아"
까맣지 않은 데 없는 상형문자,
이렇게 사는 것이 팔자라던 넋두리가 막 캐낸 탄처럼
검다
오골계 같은 뼈에 바람 들어 동서남북 가리지 않는 통
풍이
봄인데 겨울,
시리고 쑤시길 보릿고개 같은데
한번 잘 살아보겠다고 산맥 가로질러 안착한
사북 땅은 가나안이 아니다
부식된 척추가 벚꽃처럼 주저앉을 때
하늘을 원망하다가 팔자를 탓하다가 바람에 등 떠밀려
먹구름처럼 몰려간 탄좌 영업소,
로드킬 당한 고양이처럼
해갈을 위해 지상에 나선 지렁이처럼 내가
고사할 것 같아, 살자고 부르짖은 것이
죄가 될 줄 몰랐다
봄은 왔고
버찌는 밟혀 나뒹굴고
누구 하나 봐주는 사람은 없고

염소 똥 같다고 버찌를 피하는 마을에
벚꽃은 만발했다가 이미 졌고.

울 아버지 밤대거리 가시던 길 외 1편

— 월계리

정세훈

1. 내(川)

울 아버지 밤대거리 가시던 길

춘하사철 내가 흘렀어
꺼질 듯 살아나는
벌불 잦은 간드레 불 밝혀 들고서
울 아버지 밤대거리 가시던 길
그 이십 리 길 탄광 길엔
춘하사철 내가 흘렀어

징검다리 돌다리가
뒤뚱뒤뚱 놓여 있는
내가 흘러서는
탄 물이 밴
아버지의 그 시린 탄복을
비 오는 여름이건
눈 오는 겨울이건
선뜩선뜩
적시어놓았어

2. 뫼

동행 없는 뫼
야밤 길을
홀로 밟아가셨어

밑창 난 장화 속
무좀 번진 발부리에
추적추적 달라붙는
가난 같은 괴기 서린 전설들을
달빛 없는 산어귀에
별빛 없는 산허리에
어린 시절 꿈처럼
굽이굽이 깔아 놓으시고
탄 물에 젖은 머리카락
쭈뼛쭈뼛 일어서는

뫼 너머
산이 있는 산길을
야밤 길로 밟아가셨어

3. 주막

술을 파는 주막이
내 건너
뫼 너머
표주박처럼 떠 있었어

한 잔 술이
열 잔 술이 되도록
열 잔 술이
한 말 술이 되도록

탄을 캐내시던 아버지의 가슴에
어머니의 속앓이 병 같은
화기 없는 버력들만
가득가득 쌓여서는

갈증 난 그 목을
끝내 털어내지 못하고
지나쳐 가시던 그 주막집
해묵은 처마 끝에

낙숫물처럼
고드름처럼
대롱대롱
매달리어 있었어

4. 밤길

무거워하셨어

건넛마을 오 부자네
스무 마지기 논둑길을
밟고
밟아 가시며

만삭이 된
그 드넓은 논둑길을
꾸역꾸역
밟아 가시며

산고랑 창 다랑논
두어 마지기
끝물처럼

지어내시던 아버지

탄을 캐러 가시던
그 기나긴 밤길을
가며가며
천근만근 무거워하셨어

내 어릴 적
공장으로 나를 떠나보낸
내 고향 월계리
울 아버지 밤대거리 가시던 길

고향의 저 골 깊은 뿌리 7

   — 침전

촌구석에서 대학을 나온다는 것은
하늘의 별따기라고들 했는데
정신이 돌았다는 그는
서울에서 대학을 나왔다 했어.
어른들은 그가 돈 이유를
너무 많이 배웠기 때문이라고도 했고
너무 많은 것을 알고 있기 때문이라고도 했고
너무 똑똑하기 때문이라고도 했고
너무 머리가 좋기 때문이라고도 했어.
눈만 뜨면
폐광이 있는 마을 뒷산으로 올라가
온 산에 흩날린 채로
침전되어가는
탄가루들을 긁어모아
아무렇게나 뒤집어쓰며
알아듣지 못할 말들을
혼자서 수없이도 씨불이곤 하였는데
비가 몹시 오던 섣달 어느 겨울날
어스름 어둠이 깔리는 마을을 향해
한 웃음 커다랗게 놓던 그는
빗물 젖은 버력더미 위에
옷을 벗어놓고 신발을 벗어놓고

빗물이 고여 더욱 깊어진 폐광 속으로
홀연히 뛰어들어
젊디젊은 생목숨을 끊어버렸어.

사북은 봄날 외 1편

정연수

비단 1980년뿐이었을까만
꽃피는 봄날이라곤 없던 까막 동네
봄을 막는 폭도들에 대항하여
사택으로 들어오는 길목에 바리케이드 치고
뼈다귀 될 때까지 착암기 움켜쥐던 힘
육천 칼로리 뜨거운 불꽃 제대로 뜨거워지던 사월 봄날

봄은 쉽게 가버리고 꽃씨는 땅속으로만 발을 뻗어
머리 숙여 동발 지고 노보리 오르는 검은 예수
때로는 막장에 묻히고, 때로는 진폐로 드러눕고
때로는 꽃씨를 뿌리는 폭도로 몰리고
남들 안 가는 빛의 반대편에도 길을 닦으며
굳은살 박이도록 삽질하는 검은 예수

기세등등 1989년
광부들을 싹 쓸어버리겠다는 석탄합리화 진압대
봄눈처럼 순진한 광부들은 저항 한번 못 해보고
겨울이 가면 봄이 오고, 봄이 오면 꽃이 핀다고 거짓말
만 하는
봄, 또 속아서 공단 언저리로 나들이를 나선다
서울은 근처도 못 가보고

그저 안산으로, 수원으로, 부천으로 기웃기웃

사북항쟁 24주년을 기념하듯 문 닫은 동원탄좌
19공탄 구멍마다 푸른 불꽃을 뿜으며 뜨겁던 이 땅
뼈다귀 묻을 땅조차 없이 식어가도
아직 우리의 맥박은 뛰고 있다.

카지노 불나방

사북 갱구 막은 자리에 카지노 간판을 달았다
탄광이나 카지노나
살고 죽는 확률은 마찬가지

막장으로 선택한 갱구가 닫히면서
그래도 몇이야 잭팟을 터트렸겠지

탄광은 밤을 새워 석탄을 실어 나르고
카지노는 밤을 새워 코인을 실어 나르는
탄광촌의 병방은 오늘도 막장

이마에 희미한 안전등 달고도 수만 명 죽었는데
갱도보다 삐까번쩍
얼마나 더 죽이자고 카지노 불빛 저 난린지
카지노 불나방의 눈은 점점 커지고

채탄 막장이야 뺏길 것도 없이 찾아왔다지만
있는 것 다 뺏고도 새로운 막장으로 떠미는 카지노
갱도보다 더 독한 막장.

꽃상여 외 1편

정일남

동료 광부가 죽었다 뒷수습은 우리들 차지
역전 주점에서 그와 나는 인생과 시와 죽음을
얘기하며 석탄의 시대를 같이 살았다

그는 이립(而立)의 나이에 죽었다
밤새워 우린 상여 틀을 꾸몄다
광부 중엔 염장이도 있고
관을 짜는 목수도 있고
상여가 나갈 때 호리곡을 부르는 자도 있었으니
상여를 메고 공동묘지를 오르면
나비가 앞장서고 미망인은 뒤를 따랐다
상여꾼은 언덕을 오르며 장난을 치고
죽은 자 저승 보내기 좋은 날
우린 노잣돈을 보태주었다

어언 반세기가 흘렀다
추석에 찾아오던 미망인은 오지 않고
귀뚜라미가 홀로 봉분을 지킨다

석탄 채굴

우리가 막장에서 땅을 파내려 가면
묻혀 있는 고생대의 원시림이 드러난다
밤낮을 교대로 검은 자원을 캐냈다

도시락으로 점심을 먹으며 나는
불세출의 명작 〈감자를 먹는 사람들〉이란
반 고흐의 그림을 떠올렸다
그가 젊을 때 탄광으로 가서 광부를 위로했다
나는 무모하게 시구(詩句) 하나 캐려고 했으나
폐가 망가져 스트렙토마이신을 먹으며 견디었다
진폐로 병든 동료들 요양병원으로 가고

역두에 쌓인 석탄은 50톤 화차에 실려
망우리 저탄장에 부려졌다
연탄 한 장 한 장이 달동네의
영세민 온돌방을 따뜻하게 해주길
겨우내 불이 꺼지지 않기를 바랐다

자른 손가락 외 1편
— 성희직 시인을 위하여 1

조호진

한삽두삽 석탄생산 전국민이 따듯하다
산업전사 가는길에 막장애환 희망된다
너와내가 한몸되면 석탄생산 배가된다
만근하는 우리아빠 낭비없는 우리가정*

정선진폐상담소 소장
성희직 시인의 손가락은
두 손 합쳐서 일곱 개다.
세 개의 손가락은
스스로 단지(斷指)했다.
안중근 의사도 한 손 단지했는데
그는 왜 세 손가락이나 잘랐을까?
해고노동자 성희직은 1989년
여의도 평민당사에서 단식 농성할 때
광부의 눈물과 고통을 외면한 이 시대
연탄의 은혜를 지운 이 세상에 항의하려고
광산 도끼로 왼손 검지와 중지를 단지했다.
지난 2007년 11월엔
강원랜드 호텔 로비에서
왼손 새끼손가락을 단지했다.
붉은 피가 튀고
손가락이 뒹굴면서

비인간적인 진폐법이 개정됐고
진폐증으로 고통을 겪는 광산노동자
9,500명이 진폐기초연금을 받게 됐다.

* 동원탄좌 사북광업소에 게시됐던 표어.

항쟁은 끝났는가?
— 성희직 시인을 위하여 2

1980년 4월 사북에서 일어난
광산노동자 총파업 투쟁에 대해
어떤 이는 사북사태라고
어떤 이는 사북항쟁이라고
더러는 사북민주화운동이라는데
이 중에서 어떤 명칭이 적합한가?
갑론을박 토론을 하면서 끝났다고,
광산노동자 투쟁의 시대는 저물었다고
사태든 항쟁이든 민주화운동이든 이제
다 끝난 일이라고, 40년이나 흘렀다고,
남은 것은 잘 기리는 것이라는데
늙은 광부 시인 성희직은
사북항쟁이 끝나지 않았단다.
늙은 광부의 피눈물이 흐르고 있단다.
해발 800m 지하 막장 지옥의 땅에서
저승사자와 싸운 불굴의 산업전사들을
세상 막장으로 내몰지 말라며 절규한다.
붉은 띠 매고 아무리 울부짖고 짖어도
모르는 척 외면하는 세상에 맞서려고
갱목을 지고 아스팔트를 빡빡 긴다.
폐렴을 합병증으로 인정하라 외치며
손가락을 베어 혈서를 쓰고 또 쓴다.
항쟁의 시를 쓴다. 온몸으로 시를 쓴다.

사북 타란툴라 외 1편

최광임

무엇에게나 한 가지 힘은 있다
빗물에 힘없이 찢기는 거미줄의 힘도
거미가 품고 있는 독이다
해수면 아래 115미터까지 내려가서야
밥을 캐는 사람들은 바깥세상
버리고 포기하고 와서도 겸손하다
독을 품고도 낭창낭창 줄이나 엮는
타란툴라같이 밥의 경전 앞에
말의 혀를 가지고도
좁은 갱도에 앉거나 엎드린 채
거미줄이나 치던 광부들

더는 노동이 우롱당하고 싶지 않았다
엎어주는 햇살 몇 줌과 어용노조
비굴과 위선이 막장보다 더 검었다
미개와 원시의 삶은 충분하고도 넘쳤으므로
거미가 뽑아 엮은 거미줄의 영역에서만큼은
바람과 햇살에 이름을 붙이고 싶었다

말할 줄 아는 사람들이 모여 사는 북쪽의 집
사북이었다, 혀로도 말이 되지 못할 때
무담시 거미줄이 찢길 때

독을 뿜어내는 타란툴라처럼
광부며 주민들 하나로 몸말을 시작했다
사북 노동민주 항쟁이었다

화절령 운탄도로

태초에 꽃이 살았고 진달래가 만발하였고
배고픈 사람들이 살았다
처녀들이 나물 뜯으러 올라왔다 꽃을 꺾었으며
나무하러 올라온 총각들도 꽃을 꺾었다
화전 일구는 삶에게 진달래 화전은 밥이 되었고
흉한 보릿고개가 꽃꺾이고개로 넘어갔다

발 없는 흰구름 백운산에 걸려 넘어질 때도
그곳은 두 발 달린 사람들이 오르면 길이 되었다
사북에서 사는 방법은 두 가지뿐이었다
인생 막장에 몰린 사람들이 구름처럼 몰려와
탄광촌 막장에 들어갔다 올라오고는 했다
그 힘으로 화절령 천 길 낭떠러지 운탄도로를
제무시 트럭이 반세기 넘도록 내달렸다

세상이 환해지는 동안
막장 사람들 폐에서 검은 꽃이 피어났다
사북에서는 새들도 쌔액쌔액 울었다
1980년 4월 21일 육천여 명 사북 사람들
태초의 꽃같이 생존권 사수를 위해 붉게 피어났다

생환하는 그날까지 외 1편
— 석탄합리화 사업 2

최승익

인차에 실려
허기진 탄복을 걸치고
탄가루 날리는
이 땅의 가난과 설움 헤치며
반팽창*되는 밑바닥 그늘
뿌리내리지 못한 채
죽기로, 살기로 골백번 뉘우치고
지시와 전달사항은 많아도
얼룩진 노동의 조건과 작업 개선,
일한 만큼 보수의 대우도 없는
열악한 막장
날씨는 풀렸어도 다가올
겨울을 걱정해야 하는 살길 없이 내쫓는
정부의 폐광 정책

부식되는 지주 아래에서
이슬 주는** 채탄 갱도에서
목탄차에 실리는 광부들의 땀의 무게
화력발전소 수분 감량으로 줄여놓아
마음 갈피마다 핏물 지는
한 가닥 불빛 안전등에 목숨을 걸고
무너지는 탄 더미 매몰되는 막장으로

언제 죽을지, 살아남을지
모르는 한풀이로 짓이긴 마음들
늘그막에 터전 잃어버리고
살아갈 일 막막하여
너도 나도 두려운 한숨만 더해
이러다간 오래 못 가지***
검은 땀방울 흘리는 이 땅의 노동 위에
풀무질하며 다져진
탄을 캐던 곡괭이 다시 달구어
모루 위 함마질로 베름질 하여
살아 한목숨
노동으로도 이 땅에 뿌리내릴
생환의 그날까지
피와 소금에 전 땀방울로
우리들 분노와 함성 합하여
일어나자 일어서 가자
이 땅의 가난과 설움
노동자들만의 몫은 더욱 아니다
이 땅의 가난 없어질 때까지
노동으로도 이 땅에 뿌리내릴
생환하는 그날까지
우리들 삶의 터전 잃지 말고

일어나자 일어서 가자

* 반팽창 : 갱도 바닥이 중압에 못 이겨 부풀어 오르는 것을 말함.
** 이슬 준다 : 갱도가 붕락될 조짐을 보일 때 갱도 천정에서 부스럭
   거리며 조그만 탄 덩어리가 자주 떨어지는 것을 말하는 광산 은어.
*** 박노해 『노동의 새벽』에서 인용.

꺾쇠와 쐐기 되어

작은 것 하나 들쳐 업고 어린 녀석 걸리면서
탄광촌 눈물로 메마른 허출한 밥에
목을 매던 습윤한 우기의 아침나절 이런
저런 잼질로 베개맡 눈물로 창을 맞는
단순 노동으론 이 거친 세상 바로설 수 없구나
어둠의 갱 속에서 더 버릴 것 없는 맨몸 추스르며
절망처럼 피를 말리며 쩔뚝일 때
그늘에 움츠려 경사진 어둠의 고리마다 부스럭
촉각 세우며 뾰족 날을 예리하게 세우며 갱 속에서
파단면의 기울기를 알맞게 주는 꺾쇠가 되어
생활의 구간마다 쐐기가 되어
역류하는 이 어둠 속에서 우리가
지주가 되어 견고히 버티어나갈 때
절망과 좌절만으로 모조리 잃어버린 채 돌아서던
목을 놓던 피울음으로 끝낼 순 없구나
저들의 웃음 뒤에 감춰둔 비밀에 더 이상
속을 것 없구나
우리들의 피를 말리는 저들의 악다구니 앞에
어깨 걸어 하나 되어 천근 무게도 이겨내는
꺾쇠처럼 쐐기처럼 보강쇠 되어
단단히 어깨 걸어 맨몸 한주먹으로 우리의 힘이 뭉쳐

우리들 허리 굽혀 낮은 삶의 약속 위하여
더 이상 물러설 것 없구나

사북항쟁의 역사성

맹문재

1

사북민주항쟁동지회가 운영하는 카페[1]를 포털 사이트 다음(Daum)에서 발견해 들어가 보았다. 2019년에 개설된 것으로 보이는데, 회원수가 18명에 불과하고 게시한 자료도 많지 않았다. 그렇지만 '사북항쟁 사진첩'에 게시된 사진들은 1980년에 일어난 항쟁의 모습을 생생하게 보여주었고, '진실 규명'에 게시된 피해자들의 증언은 사북항쟁에 대한 역사적 규명이 반드시 필요하다는 것을 일깨워주었다. 고인이 된 이명득, 박노연, 김분년은 물론이고 전효덕, 이원갑, 노금옥, 신 경, 윤원철, 윤병천 등의 증언은 당시 수사를 맡았던 계엄사령부 군인들이 얼마나 잔인하게 광부들을 짓밟았는지를 생생하게 들려주었다. 광부들은 빨갱이로 몰려 가혹하

---

1 http://cafe.daum.net/sabuk800421/qr15/11

게 폭행과 고문을 당해 이빨이 부러졌고 고막이 터졌고 무릎이 나갔고 발목이 부러졌다. 이루 말할 수 없는 성적 학대도 당했다.

카페의 '타이쓴통신―배신당한 사북의 봄'에는 사북항쟁의 배경과 의의가 정리되어 있었다. '타이쓴통신'은 황인오 사북민주항쟁동지회 회장의 말에 따르면 전 헤비급 세계챔피언을 지낸 마이크 타이슨의 이름을 딴 카드 뉴스이다. 보다 공격적으로 뉴스를 전하려는 의지로 읽히는데, 이 글에서 주목되는 점은 사북항쟁을 노동 문제의 차원을 넘어 정치 문제로 해석한 것이다. 실제로 1980년 4월 21일에 일어난 사북항쟁은 국민들의 저항을 잠재우며 권력을 장악해가던 신군부에게 충격을 주었다. 그리하여 신군부는 사북에 관한 보도를 사흘 만에 허가하면서 광부들을 폭도로, 사북을 무법천지로, 항쟁을 노노갈등으로 몰아갔다.

위의 글에 따르면 당시의 공권력은 광부들에게 적어도 세 번의 배신을 했다. 첫 번째는 광부들을 산업전사로 부르면서 석탄 증산만을 앞세워 가장 위험한 재해 환경에 몰아넣은 일이다. 1980년 전체 탄광노동자의 56,173명 중 총 재해자가 5,885명으로, 10명 중 1명이 사망하거나 부상을 입었다. 두 번째는 기업주와 어용 노조의 편에 서서 광부들의 노동권익을 침해한 일이다. 1980년 4월 21일 오후 2시경 노조 사무실에 모인 광부들 사이에 숨어 있다가 발각된 사복 경찰은 지프 차량으로 광부들을 깔아뭉개고 도주했다. 광부들의 목숨조차 경시한 경찰의 그 행동이 사북항쟁의 도화선이 되었다. 세 번째는 항쟁을 촉발한 당사자로서 원만한 수습을 약속하고도 불법적으로 광부들을 연행한 뒤 폭행과 고문을 가한 일이다. 계엄당국과 강원도경은 1980년 5월 6일 수습회의를 한다고 광부 대표들을 사북읍 사무소로 유인한 뒤 영장 없이 체포해 밀실에서 잔혹하게 고문을 자행했다. 뿐만 아니라 광부들 간에 서로 고발해야 하는 분위기를 만들어 광산촌의 인심을 파괴했다.

사북민주항쟁동지회의 이와 같은 기록과 의견은 사북항쟁을 이해하고 역사적인 평가를 내리는 데 나침반 역할을 한다. 더 이상 사북항쟁을 부정적인 상황을 나타내는 '사태'로 명명해서는 안 되고, 노노 갈등으로 국한시켜서도 안 된다. 사북항쟁은 기업주와 어용 노조의 횡포로 말미암아 오랫동안 임금, 인권, 안전, 보건, 재해 보상, 복지 등에서 고통받아온 광부들의 집단 항의를 공권력이 왜곡시켜 폭행하고 고문한 반민주적이고 반인권적인 사건이다. 따라서 광부들의 항쟁은 민주주의와 인권을 위해 저항한 부마항쟁, 5·18 광주항쟁과 같은 차원에서 그 진상을 규명하고 역사적인 의의를 추구해야 하는 것이다.

2

가진 것 없고 배운 것도 없고
아무런 빽도 없어 선택한 막장인생
열심히 탄을 캐면 돈을 벌 줄 알았다
열심히 일하면 희망이 있을 줄 알았다
죽기 살기로 일하면 막장인생 벗어날 줄 알았다

하지만 도급제 노동은 그게 아니었다
땀 흘린 대가는 너무도 보잘것없고
회사는 늘 안전보다 생산이 먼저였다

노동조합은 한 번도 우리 편이 아니었고
공권력마저도 한통속이었다

입이 있어도 말하지 못하고
보고도 못 본 채 듣고도 모른 채
'주면 주는 대로 받고 시키면 시키는 대로 하라'
그렇게 짐승이길 강요했다. 노예처럼 살라 했다
짐승도 발길에 차이면 눈빛이 달라지기 마련
더는 참고 살 수가 없었다
둑이 무너지듯, 활화산 불길처럼 폭발해버렸다

계엄령 서슬에 꽁꽁 얼어붙은 대한민국
지식인들은 침묵했지만 우린 무식했기에 용감했다.
1980년 4월 사북항쟁의 역사는 그렇게 시작되었다
인권 사각지대 안전 사각지대에 버려진 막장 인생들
'광산쟁이도 사람'임을 세상에 선언한 거다

이러한 원인과 시대 상황을 무시하고서
누가 우리를 폭도로 내몰았나?
언론은 왜 폭동으로 진실을 왜곡했던가?
그 시절 역사의 현장에 함께했던 주역들은
고문 후유증과 생활고에 하나둘 쓸쓸히 죽어가고
사북광업소마저 폐광으로 2004년 10월 문을 닫았다
우리의 억울한 사연도 무너진 갱도에 묻히고 마는가?

이 세상천지에
우리의 검은 손 잡아줄 사람 아무도 없단 말인가?
이제 늙은 아버지 어머니 된 우리의 소원은
'폭도'라는 이름의 주홍글씨
'사북사태'란 굴레에서 벗어나고 싶다
얼마 남지 않은 인생, 한 줌의 흙으로 돌아가기 전에.

— 성희직, 「1980년 '사북'을 말한다」 전문

광부들은 "열심히 탄을 캐면 돈을 벌 줄 알았"고 "열심히 일하면 희망이 있을 줄 알았"으며 "죽기 살기로 일하면 막장 인생 벗어날 줄 알았다". 그렇지만 "땀 흘린 대가는 너무도 보잘 것 없"었다. "회사는 늘 안전보다 생산이 먼저였"는데, "도급제"의 시행이 그 구체적인 것이었다.

도급제란 돈내기라고 불리는 작업 방식이다. 작업의 성과에 따라 임금을 지불하는 방식으로 일제 강점기에 조선 노동자들의 노동력을 착취하기 위해 일본 기업주들이 사용했는데, 해방 뒤 조선의 기업주들도 활용해 노동자들로부터 원성을 샀다. 일하는 대로 번다는 허황된 생각을 노동자들에게 심어주어 그들의 노동력을 쥐어짜는 것 이상 아무것도 아니었다. 도급제 형식은 막장이 여러 개 있는 광산에서 갱 작업자에게 나눠주는 갱 도급제 또는 갱도 도급제, 출근 조별(갑, 을, 병)로 작업량을 계산하는 방도급제 또는 가다 도급제, 3~5명이 한 조를 이루는 막장 도급제 또는 마구리 도급제 등이 있다.[2]

"가진 것 없고 배운 것도 없고/아무런 빽도" 없는 광부들이 "더는 참고 살 수가 없"다고 "활화산 불길처럼 폭발"한 것은 이와 같은 상황 때문이었다. 기업주의 노동 강요뿐만 아니라 임금 착취, 반인권, 어용 노조, 암행독찰대에 의한 감시, 목욕탕조차 없는 주거 환경, 즐비한 퇴폐업소, 부실한 의료 시설 등 인간다운 삶을 영위할 수 있는 조건은 전무했다. 그런데도 불구하고 "노동조합은 한 번도 우리 편이 아니었"고 "공권력마저도 한통속이었다". 언론도 지식인도 예술가도 침

2　맹문재, 「광산 노동시의 의의」, 『만인보의 시학』, 푸른사상, 2019, 193쪽.

묵하고 있었다. 그리하여 광부들은 "입이 있어도 말하지 못하고/보고도 못 본 채 듣고도 모른 채" 있어야 했다. "주면 주는 대로 받고 시키면 시키는 대로" "그렇게 짐승"처럼 또 "노예처럼" 살았다.

그렇지만 광부들은 "짐승도 발길에 차이면 눈빛이 달라지기 마련"이듯이 가만있지 않았다. "지식인들은 침묵했지만" "무식했기에 용감했다". "1980년 4월 사북항쟁의 역사는 그렇게 시작되었다". "인권 사각지대 안전 사각지대에 버려진 막장 인생들"이 "광산쟁이도 사람'임을 세상에 선언한" 것이다.

"이러한 원인과 시대 상황"은 무시할 수 없을 정도로 밀접한 관련이 있다. 주지하다시피 10·26사건은 박정희 대통령과 차지철 대통령 경호실장이 정치와 경제 문제에 불만을 가진 민중들의 항쟁(구체적으로는 부마항쟁)에 온건하게 대처한다고 김재규 중앙정보부장을 질타하면서 일어났다. 반항하는 민중들을 모두 탱크로 눌러버려야 한다는 박정희와 차지철의 강경론에 대해 김재규는 재판의 최후 진술에서 밝혔듯이 더 많은 국민들의 희생을 막기 위해 대통령과 경호실장 등을 제거한 것이다.

10·26사건의 도화선이 된 부마항쟁은 1979년 10월 16일부터 20일까지 부산과 마산 지역에서 일어난 민중 항쟁이다. 박정희의 유신체제는 반정부 인사들을 연행, 체포, 고문하는 등 독재 정치를 심화시켰다. 또한 1978년 12월 26일부터 이듬해 3월 5일까지 이란의 석유 수출 정지(제2차 오일쇼크)에 따른 석유 수급의 어려움, 가격 상승, 세계 경제의 혼란 등으로 한국 경제가 위기에 빠지면서 기업들의 부도가 늘어

났다. 특히 노동집약적 제조업이 집중된 부산과 마산 지역에서 타격이 커 노동자들과 하층민들의 삶이 어려워졌다. 그와 같은 상황에서 부산대학교 학생들이 반정부 시위를 시작하자 다른 대학교 학생들과 다수의 시민들이 합세했고, 18일에는 마산으로 확대되었다. 박정희 정부는 부산에 계엄령을 선포하고, 마산에 위수령을 발동하는 강경책으로 대응했다. 그 결과 표면적으로는 진압되었지만 언제 다시 일어날지 모르는 민중들의 항쟁에 박정희 정권은 상당한 부담을 가졌다.

10·26사건에 대한 합동수사본부장을 맡은 전두환은 하나회(신군부)를 중심으로 정승화 육군참모총장을 불법적으로 연행한 12·12군사쿠데타를 감행했다. 군권을 장악한 신군부는 국방부며 중앙청 등을 점령해나가면서 국가 권력을 탈취했다. 방송국과 신문사를 통제하는 한편 1980년 '서울의 봄'을 짓밟고 5월 17일 비상계엄을 전국적으로 확대한 뒤 5·18광주항쟁을 잔인하게 진압했다.

1980년 4월 21일에 일어난 사북항쟁은 이와 같은 시대 상황과 밀접하게 연관되어 있다. 신군부는 12·12군사쿠데타를 감행한 뒤 국가 권력을 탈취해나가는 과정에서 광부들의 항쟁을 무시할 수 없었다. 정권 탈취에 방해되는 세력은 무조건 진압할 필요가 있었기 때문이다. 그리하여 신군부는 사북항쟁의 광부들을 "폭도로 내몰"았고, 광부들의 항쟁을 "폭동으로 진실을 왜곡"했던 것이다.

그런데 "그 시절 역사의 현장에 함께했던 주역들은/고문 후유증과 생활고에 하나둘 쓸쓸히 죽어가고" 있다. "사북광업소마저 폐광으로 2004년 10월 문을 닫았다". 이와 같은 상황에서 화자는 "우리의 억울한 사연도 무너진 갱도에 묻히고 마는가?"라고, "이 세상천지에/우리의 검은 손 잡아줄 사람 아무도 없단 말인가?"라고 안타까워하고 있다. "얼마 남지 않은 인생, 한 줌의 흙으로 돌아가기 전에" "이제 늙은 아버지 어머니 된 우리의 소원은/'폭도'라는 이름의 주홍 글씨/'사북사태'란 굴레에서 벗어나고 싶어" 하는 것이다.

　그 일은 결코 쉬운 것이 아니지만 불가능한 것도 아니다. 3·1운동은 물론이고 4·19혁명, 5·18항쟁, 6월항쟁, 촛불항쟁 등의 민중항쟁이 그 역사적 의의를 획득한 데서 잘 볼 수 있다. 그렇지만 민중항쟁의 역사적 의의는 그냥 주어지는 것이 아니라 각고의 동참으로 이루어지는 것이라는 사실을 인식할 필요가 있다.

　　　배우고 센 놈들이
　　　폭동이야 하고 외치면
　　　광부는 폭도가 되고
　　　누구는 빨갱이도 되었다가

　　　명. 예. 회. 복.
　　　그들에겐 너무 무거운 네 글자
　　　40년간 밀고 온
　　　사북의 광부들은 힘이 세다.
　　　　　　　　　　　　　　— 김연희, 「힘이 센 광부들」 부분

　그동안 "배우고 센 놈들이/폭동이야 하고 외치면/광부는 폭도가 되고/누구는 빨갱이도 되었다". 광부들에게 "명. 예. 회. 복."은 "너무 무거운 네 글자"였다. 그렇지만 사북항쟁은 신군부가 통제하고 있던 언론들이 불렀던 사태와 폭동으로 함몰되거나 역사의 뒤편으로 사라지지 않았다. 오히려 사북항쟁을 알게 된 노동자들은 빼앗겼던 노동권을 되찾을 용기를 얻었고, 지식인들과 대학생들은 사회의 구조적 모순을 인식하게 되었다. 언론들도 사북항쟁의 실정을 더 이상 왜곡시킬 수 없었고, 기업 관계자나 정부 관계자들도 광부들의 주장을 무조건 무시할 수 없었다. 그만큼 "40년간 밀고 온/사북의 광부들은 힘이 세"었던 것이다.

"광주민중항쟁도 공수부대가 광주시민을 학살하면서" "걷잡을 수 없는 들불이었"듯이 "일시에 사북을 해방구로 만들어버린 항쟁은/피를 먹고 자라는 민주주의의 접점이었다"(양기창, 「사북, 봄날의 교향곡」). 이처럼 "사북민중항쟁 40년 세월"은 "되살아오고 있다"(이승철, 「사북의 노래 2」). "광부들이 일으킨 민주주의 함성/사북항쟁은 영원"(김창규, 「사북항쟁」)한 것이다.

3

솔모랭이 돌아 신작로 걷다 보면
넌지시 발걸음 끌어당겨
비탈진 돌계단 내려서게 하는 곳

때로는 미닫이 유리 쪽문 열릴 때마다
거나한 노랫가락에 섞인 푸념들이
빛바랜 푸른 페인트 조각처럼
점점이 떨어져 마당을 떠돌던 곳

씻어내도 파고드는 검은 분진이
그날의 노역으로 쌓인 가슴들 열고
느릿하게 군정거리며 익는 삼겹살을 안주 삼아

흰 막걸리 한 사발을 감로수처럼 비우던 곳

폐광 뒤 모두 떠난 좁고 깊은 마당에는
벌겋게 달아오르던 무쇠난로 하나
뼈만 남은 연탄재 끌어안은 채
녹슬어 구멍 뚫린 몸통으로 삭아가고 있다
검은 루핑 지붕을 들썩이던 목소리들
빈 항아리 밑바닥에 엉켜 붙어 있다

솔바람도 쉬어가는 길 아랫집
꿈을 향해 검은 인주를 찍어
꾹꾹 옮기던 발걸음 받쳐주던 돌계단은
먼 길 떠난 몇몇 이 소식 전해주려는 듯
단단했던 허릿살 드러내며 허물어지고 있다.

— 서승현, 「길 아랫집」 전문

광부들이 삶을 영위하던 광산촌은 "때로는 미닫이 유리 쪽
문 열릴 때마다/거나한 노랫가락에 섞인 푸념들이/빛바랜
푸른 페인트 조각처럼/점점이 떨어져 마당을 떠돌던 곳"이
었다. "씻어내도 파고드는 검은 분진이/그날의 노역으로 쌓
인 가슴들 열고/느릿하게 군정거리며 익는 삼겹살을 안주
삼아/흰 막걸리 한 사발을 감로수처럼 비우던 곳"이기도 했
다. 탄광 일이 힘들고 임금이 착취당하고 도서관이나 영화
관 하나 없을 정도로 환경이 열악했지만, 서로 푸념을 나눌
수 있고 삼겹살을 안주 삼아 막걸리를 나눌 수 있는 터전이
었던 것이다.

그렇지만 1989년 정부의 석탄산업 합리화 정책이 발표되
면서 광산촌은 급속하게 무너졌다. 석유 가격이 하락하는
국제 에너지 환경의 변화에 비해 석탄 가격은 상승하고, 국

민 소득의 증대로 가스나 전기 등의 고급에너지를 선호하는 추세가 늘면서 석탄산업 구조조정 정책으로 추진했지만, 대책을 마련하지 않고 졸속으로 시행해 광산촌은 큰 타격을 입었다. 그 바람에 탄광 일에 몸 바쳐온 광부들은 새로운 일자리를 찾아 광산촌을 떠나야 했다. "광부들을 싹 쓸어버리겠다는 석탄합리화 진압대"에 "봄눈처럼 순진한 광부들은 저항 한 번 못 해보고" "서울은 근처도 못 가보고/그저 안산으로, 수원으로, 부천으로"(정연수, 「사북은 봄날」) 쫓겨 간 것이다.

석탄산업 합리화 정책이 발표된 뒤 광산촌은 탄광 일을 하다가 부상당하거나 진폐나 규폐의 재해로 말미암아 노동할 수 없는 광부들만 남게 되었다. "폐광 뒤 모두 떠난 좁고 깊은 마당에는/벌겋게 달아오르던 무쇠난로 하나/뼈만 남은 연탄재 끌어안은 채/녹슬어 구멍 뚫린 몸통으로 삭아가고 있"는 것이다. "검은 루핑 지붕을 들썩이던 목소리들/빈 항아리 밑바닥에 엉켜 붙어 있"거나, "꾹꾹 옮기던 발걸음 받쳐주던 돌계단"이 "단단했던 허릿살 드러내며 허물어지고 있"는 모습도 그러하다. 그리하여 "우리들 삶의 터전 잃지 말고/일어나자"(최승익, 「생환하는 그날까지」)라는 외침 대신 폐광촌에 카지노가 들어서게 되었다.

사북 갱구 막은 자리에 카지노 간판을 달았다
탄광이나 카지노나
살고 죽는 확률은 마찬가지

막장으로 선택한 갱구가 닫히면서
그래도 몇이야 잭팟을 터트렸겠지

탄광은 밤을 새워 석탄을 실어 나르고
카지노는 밤을 새워 코인을 실어 나르는
탄광촌의 병방은 오늘도 막장

이마에 희미한 안전등 달고도 수만 명 죽었는데
갱도보다 삐까번쩍
얼마나 더 죽이자고 카지노 불빛 저 난린지
카지노 불나방의 눈은 점점 커지고

채탄 막장이야 뺏길 것도 없이 찾아왔다지만
있는 것 다 뺏고도 새로운 막장으로 떠미는 카지노
갱도보다 더 독한 막장.
— 정연수, 「카지노 불나방」 전문

  "사북 갱구 막은 자리에 카지노 간판을" 달고 있는 것이 현
재의 광산촌 모습인데, 화자는 "탄광이나 카지노나/살고 죽
는 확률은 마찬가지"라고 진단한다. "탄광은 밤을 새워 석탄
을 실어 나르고/카지노는 밤을 새워 코인을 실어 나르는/탄
광촌의 병방은 오늘도 막장"이라고 보는 것이다. "이마에 희
미한 안전등 달고도 수만 명 죽었는데/갱도보다 삐까번쩍/
얼마나 더 죽이자고 카지노 불빛 저 난린지" 화자는 걱정하
고 안타까워한다. "채탄 막장이야 뺏길 것도 없이 찾아왔다
지만/있는 것 다 뺏고도 새로운 막장으로 떠미는 카지노/갱
도보다 더 독한 막장"이라고 인식하는 것이다.
  정부가 석탄산업 합리화 정책을 전면적으로 시행하면서
광산촌은 회복 불가능한 상태로 무너졌다. 새로운 일자리를
찾아 미처 떠나지 못했거나 부상당하거나 진폐 재해로 말미
암아 폐광촌에 남은 광부들은 불안과 고통에 시달렸다. 그

리하여 1994년 12월 정부에 핵폐기물 처리장을 설치해달라고 요구하는 상황에까지 이르렀다. 전문가들의 검토 결과 폐광촌이 핵폐기물 처리장 시설을 설치할 장소로 적합하지 않은 것으로 진단되어 광부들의 요구는 취소되었다. 그 대신 광부들의 절실한 요구에 의해 폐광촌에 카지노가 들어서게 되었다.

강원랜드는 1995년 12월 '폐광지역 개발지원에 관한 특별법'이 제정 공포되면서 내국인 카지노 개설의 근거를 마련했다. 1997년 2월 강원도의 '탄광지역 개발촉진지구 개발계획' 지정 고시에 이어, 8월 카지노 사업 대상 지역으로 정선군 고한읍 백운산 지구 200만평을 지정했다. 그리하여 2003년 4월 강원랜드 호텔, 카지노 및 테마파크를 개장했다. 2004년 10월 방문객 500만 명을 넘어섰고, 2005년 3월 '폐광지역 개발지원에 관한 특별법' 개정으로 2015년까지 시효를 연장했다. 2007년 12월 강원랜드 창사 이래 첫 매출 1조 원과 자산 2조 원을 넘어섰다. 2009년 3월 강원랜드 카지노 방문객이 1,500만 명을 넘어섰고, 2011년 12월 '폐광지역 개발지원에 관한 특별법' 개정으로 2025년까지 시효가 연장되었다.[3]

강원랜드는 폐광 지역의 경제 발전과 국가 경쟁력을 높인다는 명분으로 카지노를 소유하고 있다. 2007년 매출액이 1조 원을 넘어섰고, 2009년 방문객이 1,500만 명을 넘어섰을 정도로 호황을 누리고 있다. 그렇지만 폐광촌 주민들의 삶에 큰 기여를 하지 못하고 있다. 강원랜드가 2006년 진폐 재해자 복지사업에 지원한 사업비는 9천만 원으로 폐광 지역

3   https://kangwonland.high1.com/kangwonland/contents.do?key=54

진폐 재해자 1만 3천여 명에 배분하면 "1인당 6천 원짜리 국밥 한 그릇 지원이 전부인 셈이다."[4]

뿐만 아니라 용역업체와 비정규직 노동자들과의 차별 문제가 심각하고, 신입사원 채용 과정에서의 비리 또한 심각하다. 주지하다시피 강원랜드는 탄광이 정부의 석탄산업 합리화 정책에 따라 문을 닫으면서 지역민의 일자리 창출에 기여하기 위해 설립되었다. 그리하여 폐광 지역에서 태어나 자란 청년들은 강원랜드에 입사하기 위해 관광학과 등에 들어가 공부하며 준비해왔다. 그렇지만 그들은 소위 '빽'이 없어 낙방했고, 국회의원을 비롯해 힘 있거나 연줄 있는 부모를 둔 자녀들은 채용되었다. 2012~2013년 강원랜드에 채용된 518명 전원이 청탁 대상자였다는 언론 보도는 공정한 기회를 기대한 폐광촌 주민들은 물론이고 국민들에게 큰 상실감을 주었다.

강원랜드 홈페이지에는 사업 분야로 호텔&콘도, 워터월드, 스키, 골프, 카지노, 사회공헌 등 여섯 가지를 소개해놓고 있다. 사회공헌의 세부 사업으로는 미래 인재 육성, 지역 경제 활성화, 지역 복지, 나눔과 치유 등 네 가지인데, 지역 복지의 세부 내용은 진폐 복지 사업, 취약 계층 복지 사업, 복지 협력 사업 등 세 가지이다. 진폐 복지 사업은 "2004년 진폐단체 지원사업을 시작으로 재가진폐재해자 및 요양환자들의 건강, 여가, 생활과 관련된 다양한 지원사업을 추진하고 있으며, 탄광 사고로 인해 사망한 순직자 유가족의 경

---

4   성희직, 「'사각지대'에 방치된 진폐환자들의 '인권과 복지'」, 『우리는 산업폐기물이 아니다』(정책토론회 자료집), 한국진폐재해자협회, 2007. 9. 19. 8쪽.

제적, 정서적 어려움을 나누기 위한 사업도 2015년부터 진행하고 있습니다."[5]라고 소개하고 있다. 너무 늦게 시작한 사업이어서 진폐재해자는 물론 순직한 유가족에게 어느 정도의 위로가 되고 있는지 알 수 없지만, 이 또한 그냥 주어진 것이 아니라는 사실을 인식해야 한다.

4

가슴조차 검었던 광부들이
광부가를 부르며 행진했던
구 안경다리 옆의 새 안경다리 밑
하얀 비옷 입은
강원랜드 사내하청 비정규직 노동자들
비정규직 철폐가 부르며 지나간다
지상의 직업 가지기 소원이었던 아비 대신
막장만 헤집고 다니던 남편 대신 가진 첫 직업
강원랜드 사내하청 비정규직 노동자
첫 번째 출정이다
아무도 지켜보지 않는 출정의 행렬
진폐병동에서 시든 남편이 지켜볼까
굴진하다 석탄 더미에 묻힌 아비가 들어줄까
노래는 흔적도 없이 거센 빗줄기에 묻히고
장례의 행렬처럼 강원랜드 카지노를 향해
묵묵히 나아간다
그들 뒤를 구 안경다리의 어둑한 눈빛이
조용히 뒤따르고
기차는 길게 소리를 내지르며
행렬의 맨 뒤를 쫓아간다
　　　　　　　— 김용아, 「안경다리를 지나」 전문

5　https://kangwonland.high1.com/kangwonland/contents.do?key=314

"가슴조차 검었던 광부들이/광부가를 부르며 행진했던/구 안경다리 옆의 새 안경다리 밑"을 "하얀 비옷 입은/강원랜드 사내하청 비정규직 노동자들"이 "비정규직 철폐가 부르며 지나"가고 있다. 그들은 "지상의 직업 가지기 소원이었던 아비 대신/막장만 헤집고 다니던 남편 대신 가진 첫 직업/강원랜드 사내하청 비정규직 노동자"이다. 정규직 노동자보다 사내외의 영향력이 크지 않아서인지, 아니면 "첫 번째 출정이"어서인지, "아무도 지켜보지 않는"다. "진폐병동에서 시든 남편"도 여건이 안 되기 때문에 그들의 행진을 바라보지 못하고, "굴진하다 석탄 더미에 묻힌 아비"도 그들의 행진곡을 들어주지 못한다.

　그렇지만 비정규직 노동자들은 행진을 멈추지 않는다. 자신들의 "노래는 흔적도 없이 거센 빗줄기에 묻히"지만 "장례의 행렬처럼 강원랜드 카지노를 향해/묵묵히 나아"가는 것이다. 자신들의 출정에 사용자는 물론 정규직 노동자나 언론이 관심을 가져주지 않더라도 행진을 멈추지 않는 것은 "그들 뒤를 구 안경다리의 어둑한 눈빛이/조용히 뒤따르고" 있기 때문이다. 그들은 광부의 자식으로서 "안경다리"에서 1980년 4월에 일어났던 사북항쟁의 역사를 알고 있다. 따라서 그들은 결코 외롭지 않은 것이다.

　1980년의 사북항쟁을 노조 부인의 린치사건으로 떠올리는 이들이 많다. 그만큼 신군부가 언론 통제를 통해 사북항쟁을 왜곡시킨 영향이 큰 것이다. 사북항쟁의 본질이나 총체는 그와 같은 불미스러운 일이 아니라 광부들이 기업주와 어용 노조의 비인간적인 횡포에 저항한 것이고, 신군부의 잔인한 탄압에 맞선 것이다. 따라서 가혹한 환경에 억눌려 있던 광부들의 고통을 이해하고 신군부의 잔혹한 폭력과 고문의 진상을 밝혀야 한다. 나아가 사과는 물론 재발 방지를 위한 약속을 받아야 한다.

　사북항쟁에 관해 진실화해를 위한 과거사 조사위원회는 "국가는 인권 침해와 가혹 행위에 대하여 피해자들에게 총체적으로 사과하고 피해자들과 화해를 이루는 적절한 조치를 취하는 것이 필요하다. 국가는 사북 사건 관련자와 그 가족들이 입은 정신적 피해와 명예를 회복하기 위해, 필요한 조치를 취해야 한다."[6] 등을 권고한 적이 있다. 그동안 국가는 사북항쟁의 역사적 의의를 제대로 알리고, 광부들의 상처를 치유하고, 공동체 회복을 위한 노력을 제대로 했는가? 공권력의 이름으로 저질러진 야만적인 폭력의 진상을 밝히고, 광부들에게 사과하고, 재발 방지 대책을 표명했는가? 사북항쟁 40년 기념 시집에 함께한 시인들이 다시금 묻고 있고 또 요구하고 있다.

孟文在 ｜ 문학평론가 · 안양대 교수

6　http://cafe.daum.net/sabuk800421/qr1d/4

시인들 소개

강덕환 제주 출생. 1992년 시집 『생말타기』로 작품 활동 시작. 4·3 항쟁 시집 『그해 겨울은 춥기도 하였네』 등이 있다. 현재 제주 작가회의 회장.

고희림 원주에서 태어나 대구서 자람. 1999년 『작가세계』로 작품 활동 시작. 시집으로 『평화의 속도』 『인간의 문제』 『대가리』 『가창골 학살』 등이 있다. 현재 10월문학회 회원, 한국작가회의 회원, 노동과학연구소 회원.

권미강 충남 서천 한산 출생. 1989년 동인지 『시나라』로 작품 활동 시작. 동인 '목련구락부' 활동. 소리 시집 『소리다방』, 공저 『예술밥 먹는 사람들』가 있다.

김수열 1982년 『실천문학』으로 작품 활동 시작. 시집으로 『어디에 선들 어떠랴』 『신호등 쓰러진 길 위에서』 『바람의 목례』 『생각을 훔치다』 『빙의』 『물에서 온 편지』, 4·3 시선집 『꽃 진 자리』, 산문집 『김수열의 책읽기』 『섯마파람 부는 날이면』 등이 있다. 오장환문학상, 신석정문학상 수상.

김연희 1993년 청구문화제에 시 「개울은 흐르고」 대상 수상. 공동시집으로 『사람 목숨보다 값진』이 있다. 현재 경남작가회의 회원.

김용아 1988년 5월문학상을 수상하였고, 2017년 『월간시』로 작품 활동 시작. 광부였던 남편을 따라 영월로 이주하여 산 지 26년째이며 폐광지역 아이들과 함께하는 지역아동센터 교사로 활동.

김이하 1959년 전북 진안 출생. 시집으로『내 가슴에서 날아간 UFO』
『타박타박』『춘정, 火』『눈물에 금이 갔다』『그냥, 그래』있다.

김창규 1984년『분단시대』동인으로 작품 활동 시작. 시집으로『푸른
벌판』『그대 진달래꽃 가슴속 깊이 물들면』『슬픔을 감추고』가
있다. 충북작가회의 회장 역임. 현재 한국기독교장로회 나눔
교회 담임목사.

김태수 1959년 강원도 삼척 출생. 1991년『시세계』로 작품 활동 시
작. 시집으로『그대는 나더러 눈송이처럼 살라지만』『사람의
길』이 있다. 현재 (사)폐광지역활성화센터 학술연구소장.

김해화 1957년 전남 승주군 출생. 1984년『시여 무기여』를 통해 작품
활동 시작. 시집으로『인부수첩』『우리들의 사랑가』『누워서
부르는 사랑노래』『김해화의 꽃편지』『나는 내 잔에 술을 따른
다』가 있다. 현재 민족작가연합 상임대표.

문창길 1958년 전북 김제 출생. 1984년『두레시』로 작품 활동 시작.
시집으로『철길이 희망하는 것은』『북국독립서신』이 있다. 현
재『창작21』편집인.

박광배 1959년 충남 서천에서 태어나 서울에서 살았다. 1984년 시선
집『시여 무기여』(실천문학사)를 통해 작품 활동 시작. 시집으
로『나는 둥그런 게 좋다』가 있다.

박영희 1985년『민의』로 작품 활동 시작. 시집으로『그때 나는 학교
에 있었다 』『즐거운 세탁』『팽이는 서고 싶다』『해 뜨는 검은
땅』『조카의 하늘』이 있다.

서승현 1962년 태백 출생. 2001년 『시와사람』으로 작품 활동 시작. 시집으로 『푸른 현호색꽃 성채에 들다』『분홍, 서러운 빨강』이 있다. 현재 동신대학교 외래교수.

서안나 제주 출생. 1990년 『문학과 비평』으로 작품 활동 시작. 시집으로 『푸른 수첩을 찢다』『플롯 속의 그녀들』『립스틱 발달사』, 동시집으로 『엄마는 외계인』 등이 있다.

성희직 1957년 경북 영천 출생. 채탄광부 5년. 시집으로 『광부의 하늘』『그대 가슴에 장미꽃 한송이를』 등이 있다. 강원도의회 부의장 역임. 현재 정선진폐상담소 소장.

송경동 1967년 전남 벌교 출생. 2001년 『내일을 여는 작가』『실천문학』으로 작품 활동 시작. 시집으로 『꿀잠』『사소한 물음들에 답함』『나는 한국인이 아니다』, 산문집으로 『꿈꾸는 자, 잡혀간다』 등이 있다. 천상병 시상, 신동엽 문학상 등 수상.

안상학 1962년 경북 안동 출생. 1988년 『중앙일보』 신춘문예로 작품 활동 시작. 시집으로 『그대 무사한가』『안동소주』『오래된 엽서』『아배 생각』『그 사람은 돌아오고 나는 거기 없었네』『안상학 시선』, 동시집으로 『지구를 운전하는 엄마』 등이 있다. 고산문학대상, 권정생창작기금 등 수상.

양기창 2014년 『작가』로 작품 활동 시작. 시집으로 『불사조의 사랑』이 있다. 현재 민족작가연합 공동대표. 광주전남작가회의 자유실천위원장.

이상국 1946년 강원도 양양 출생. 1976년 『심상』으로 작품 활동 시작. 시집으로 『동해별곡』 『내일로 가는 소』 『우리는 읍으로 간다』 『집은 아직 따뜻하다』 『어느 농사꾼의 별에서』 『뿔을 적시며』 『달은 아직 그 달이다』 등이 있다. 백석문학상, 박재삼문학상 등 수상. 현재 한국작가회의 이사장.

이승철 1958년 전남 함평 출생. 1983년 『민의』로 작품 활동 시작. 시집으로 『총알택시 안에서의 명상』 『당산철교 위에서』 『오월』 『그 남자는 무엇으로 사는가』, 산문집으로 『광주의 문학정신과 그 뿌리를 찾아서』 등이 있다.

이원규 1962년 경북 문경 출생. 시집으로 『달빛을 깨물다』 『강물도 목이 마르다』 『옛 애인의 집』 『돌아보면 그가 있다』 『빨치산 편지』 등이 있다. 신동엽문학상, 평화인권문학상 수상.

전선용 시집으로 『뭔 말인지 알제』 『지금, 환승 중입니다』 있다. 현재 『우리시』 편집주간.

정세훈 1955년 충남 홍성 출생. 1989년 『노동해방문학』으로 작품 활동 시작. 시집으로 『부평 4공단 여공』 『몸의 중심』 등, 동시집으로 『공단 마을 아이들』이 있다. 현재 인천민예총 이사장, 노동문학관 이사장.

정연수 1963년 강원도 태백시 출생. 2012년 『다층』으로 작품 활동 시작. 시집으로 『한국탄광시전집』, 산문집으로 『탄광촌 풍속 이야기』 『노보리와 동발』 있다. 현재 강릉원주대학교 강사.

정일남 1935년 강원도 삼척 출생. 1970년 『강원일보』 신춘문예, 1973
년 『조선일보』 신춘문예 시조, 1980년 『현대문학』 시 추천완료
로 작품 활동 시작. 시집으로 『봄들에서』 『훈장』 『금지구역 침
입자』 등이 있다.

조호진 1959년 서울 영등포 출생. 1989년 『노동해방문학』 창간호로
작품 활동 시작. 시집으로 『우린 식구다』 『소년원의 봄』이 있
다. 노동자 시 모임 '일과시' 동인. 현재 비영리민간단체 '어게
인'에서 위기 청소년과 미혼모를 돕고 있음.

최광임 전북 부안 변산 출생. 2002년 『시문학』으로 작품 활동 시작.
시집으로 『내 몸에 바다를 들이고』 『도요새 요리』, 디카시 해
설집 『세상에 하나뿐인 디카시』 등이 있다. 현재 『디카시』 주
간, 두원공과대학 겸임교수.

최승익 1956년 강원도 동해시 출생. 1989년 『노동문학』으로 작품 활
동 시작. 시집으로 『휘파람 소리』가 있다. 현재 서울 개인택시
기사.

광부들은 힘이 세다